初心逐梦

李家宁 著

中国出版集团公司
華文出版社

图书在版编目（CIP）数据

初心逐梦 / 李家宁著. -- 北京 : 华文出版社,
2023.2
ISBN 978-7-5075-5620-9

Ⅰ. ①初… Ⅱ. ①李… Ⅲ. ①诗词－作品集－中国－当代 Ⅳ. ①I227

中国版本图书馆CIP数据核字（2022）第029082号

初心逐梦
CHU XIN ZHU MENG

作　　者：李家宁
责任编辑：景洋子
出版发行：华文出版社
地　　址：北京市西城区广外大街305号8区2号楼
邮政编码：100055
网　　址：http://www.hwcbs.cn
电　　话：编辑部010-58336252　发行部010-58336202
　　　　　总编室010-58336239
经　　销：新华书店
印　　刷：济南普林达印务有限公司
开　　本：787mm × 1092mm　1/16
印　　张：23.75
字　　数：310千字
版　　次：2023年11月第1版
印　　次：2023年11月第1次印刷
标准书号：ISBN 978-7-5075-5620-9
定　　价：68.00元

序一

《初心逐梦》序

王松雄

人生如诗，诗如人生。我每次在报刊杂志上读家宁的诗歌时，总能感受到与众不同的情感。他的诗大胆、直白而透彻，传递出强烈赤诚的生命力量，只有内心拥有足够能量，才能像他这样再现许多人梦想中的稻田、土路、村庄、老屋……

“岁月如歌为谁忙，唯怨乡愁最牵肠。人生何叹时光短，又见君诗韵味长。”这本《初心逐梦》约 300 首诗歌，给我们展示了一个丰富的世界，它们如同阳光和水浸透读者的生命，滋养丰富读者的情感。这本诗歌集还处处交织着家宁对南平，对家乡政和的热爱。通过百首现代诗，我们可以感受到诗人对人生的体验和对世界的关照与思考；60 首古诗词表达《红楼梦》中错综复杂的人物关系。诗词中那种缠绵的爱情、真挚的友情、浓郁的乡情，无不情真意切，感人肺腑。

诗人余秀华曾经说过：“诗歌是什么，我不知道，也说不出来，不过是当心灵发出呼唤的时候，它以赤子的姿态到来；不过是一个人摇摇晃晃地在人间走动时，它充当了一根拐杖。”家宁的诗正像一根拐杖，让情绪低迷的人走出困顿，试图亲近大自然，努力走进自己的家乡的风土人情中。如果一定要推荐一首印象最深刻的诗，那应该是《父母不在，人生归处在何方》：“有钱没钱/都会回家过年/把妈妈炒的小菜逐一品尝/来年再扬起拼搏的风帆/眼巴巴地瞅着村口/等着她打拼在外的儿女/能够回家/一起吃个团圆饭/两鬓斑白的父母双亲/脚步蹒跚/天冷不喊冷，如果你愿意/就用蜡梅的火焰取暖。”读到这样的诗句，对父母和家乡的思念情绪刹那间涌上心头。正值元旦期间，我也回了一趟老家，在即将出发返程时，我的母亲已经开始准备家乡的各种美食和小吃，父亲一早就去菜地里将自家种的各种蔬菜整理装箱。“满载而归”的后备箱凝聚的是父母的爱，“父母在，到哪儿都能心安”是当下最真实的情感写照。

我们都知道，《红楼梦》是一部百科全书，其中诗词曲赋、琴棋书画、茶酒文化、医疗烹饪、服饰收藏、园林建筑等，应有尽有，任何人都能从中找到自己感兴趣的东西。所以，人人心中都有一个《红楼梦》。“才子看见缠绵，革命家看见排满”，只要你认真去品味，那就是属于你自己的《红楼梦》。多年前，我认真拜读了家宁的《红消乡断——李家宁品〈红楼〉》，并写了一首小诗：“遍栽桃李望成林，香溢红楼觅知音。何时移情风月外，漫向山水借诗心。”至今仍印象深刻。而在这本《初心逐梦》诗歌集中，家宁对《红楼梦》中的诸多人物赋诗，也是别出心裁、独具匠心。

习近平总书记站在历史与时代的高度，用世界与发展的眼光，在中国作协十大开幕式上作了重要讲话，对广大文艺工作者更好肩负历史使命寄予了深情厚望。我们文学工作者也要坚持以人民为中心，扎根生活，为人民服务。家宁的《初心逐梦》寓意深远，也道出我们文学工作者的心声，不忘初心，继续奋进。

王松雄，福建省作协会员，中华诗词学会会员，南平市作协主席。诗集《山水闲聆》。主编《神奇洞宫山》《神韵佛子山》《红色记忆》《建盏百家》等书。

序二

有担当的诗写者

——李家宁诗歌集《初心逐梦》印象

南 河

每个写作者无一例外面临三个问题：为谁写？写什么？怎么写？对于诗人李家宁而言，我更愿意探究前两个问题。

我认为，李家宁是一位有时代自觉和责任担当的诗人。“把故乡背在身上”的他，对生于斯长于斯的闽北大地饱含深情，对家乡人、家乡事、家乡物特别倾心，礼赞家乡的作品在他诗歌中占据着重要地位。

在《世界把我丢在和平古镇》中，他“昼夜寻求的脚印而放光/和平，和平的鸟养壮了翅膀/放飞在蔚蓝的天空/播撒幸福的种子”。在《无雪的冬天，故乡和我都很孤独》中，他“恣意点燃/那根自焚的烟，思索/为何天空总会落寞/为什么黑狗选择死亡之所/夜晚那么黑，月亮/总能照到我”。在《甘当樵夫，山上寻路》中，他写诗再敬家乡的优秀公仆廖俊波。

他的家国情怀同样在诗歌中得到充分体现：在《我在秋天歌唱祖国》中，他选择洁净的灵魂为祖国歌唱。

《戴口罩的春天》《黎明的那道光定会穿过黑暗》……从总体风格上看，我把他列为现实主义诗人应该不会有什么不妥。

他的很多作品，应该可划归政治抒情诗一类，这点在他的赋体诗歌中表现得尤为突出。

对于家宁的诗作，在很多奉西方审美标准为圭臬、自称为现代派诗人眼里，也许会很不以为然。但我不这样认为。固然，关注个体感受、个性感悟、个人命运，在现代诗歌中非常普遍，但是当我们翻开文学报刊、打开网站和微信，读到的全是“梨花”“乌青”类作品，也未免单调乏味。不少诗人剑走偏锋，玩一些文字游戏以博世人眼球，这些伪诗歌除了看得出一些其中的小狡猾，根本看不到大智慧，更遑论“诗言志”“文以载道”，有何价值可言？

有相当一段时期，我们的文艺以求怪比烂、庸俗媚俗为时尚，一度飘散着乌烟瘴气。艺术家也好，诗人也好，追求真、善、美必须成为我们坚守的底线。

中央领导强调的“展现中华历史之美、山河之美、文化之美，抒写中国人民奋斗之志、创造之力、发展之果”，是我们每一位诗人必须坚守不忘的初心。

在家宁的诗歌中，我读到了真诚，触摸到了一颗滚烫的赤子之心，也感受到了其中的文字美、诗境美和韵律美，从中也可以看到他扎实的文字功底和受传统诗歌的浸染颇深颇广。

写春天，我喜欢他的《我害怕春天》里的别样感受和表达，也喜欢他在《春天会在不远的地方微笑》中的情真意切：

如果文字能够杀死病毒
我情愿把我的诗歌做成疫苗
注射到携带病毒的体内
让那么多受难之人
呼吸上迷人的笑容

写大雪，我被《构思一首写雪的命题诗》所震撼：

突然白起来的尘世
雾一般坐在秘密的梦里
雪一年一年地盛开
最黑的黑，铺上了最白的白

也被《让雪成为生命的一部分》所感怀：

雪悄悄地洗涤人间
爱一回，痛一回
贴近她柔波似的心胸
找回初心，重塑灵魂

写屈原，从《汨罗江，一条诗歌的河流》《端午，让一条河流站立起来》到《穿越〈楚辞〉铿锵的故乡》《粽叶是中国诗歌最高贵的外衣》，他思接千载，灵思泉涌：

一条止于湖南的河流
却流经中国人心灵的身旁
打捞也罢，求索也罢
问天的头颅
把大地铮铮叩响
离骚已经包进了粽子（《汨罗江，流淌着诗歌的光荣与梦想》）

一滴酒里居住着诗人的故乡
楚山苍莽鹧鸪哀，鹤声呜咽掀沧浪
两千年的龙舟前赴后继
两千年的粽子串在一起
犹如一串长灯
照亮那个漆黑的夜（《我要光着身子写一首诗》）

瘦瘦的《离骚》，那些骨感的词啊
将历史洞穿，比死亡更沉重的镣铐
带血的文字换来楚国的云淡风轻
忠贞筋骨迎来千万个日出和黎明（《汨罗江，一条诗歌的河流》）

我把九歌唱给汨罗
纵身一跃与楚辞再醉万年

千年粽香
裹住古老的忧伤（《这只粽子在汨罗江里煮过》）

写爱情，他语出惊人：

你留下来的一根头发
是我唯一能拨弄的琴弦
原来，爱情是一本本厚厚的诗集（《原来，爱情是一本厚厚的诗集》）

“眼纳千江水，胸起百万兵”。李家宁的诗歌艺术，走的是正道，在继承中创新，字里行间无不体现出中国诗人独有的责任担当。

2022年2月26日匆草于泉州

南河，原名刘少雄，中国作家协会会员，闽西日报副刊主任，龙岩市文联兼职副主席，龙岩市作协主席。

序三

10天的抵达

甘代寿

李家宁兄发来一本即将出版的诗集，说给我10天时间阅读，并写上几句话。10天时间不短了，借助现代的交通工具，有10天的时间再远的地方也能抵达。可于诗境，即便给我一年、十年，也只能在诗行里跋涉，偶尔与诗者邂逅在诗园的阡陌，说说：天气真好，诗句如禾，一首一畦，生机勃勃。

别林斯基说："伟大的诗人之所以伟大，是因为他的痛苦和幸福都深深植根于社会和历史的土壤里，他从而成为社会、时代以及人类的代表和喉舌。"这个好理解，我以这个来对标家宁兄的诗，他的情怀够伟大，他诗作的根就深扎在社会与历史土壤里，他的情感踏浪在时代的潮流上。政和为原点，站在佛子山上，诗心如线，诗魂如云，飞过千山万水。《佛子山，上帝秘藏的经卷》越过信仰的界限，一切归于自然。诗中咏道"我请云和雾为你画画/你用光和影为我写诗/灵魂得到洗涤升华，从此/所有人间胜境，都是他们的地盘"。他写山水，写人文，写英雄人物，人间正道无不入诗，悲喜着人世间的悲喜。读着，读着，诗，在告诉我生活就是诗，诗是根在地上，又能发光于四野，如一片叶子的光，一朵花的色彩；诗是出发于地上，又能升上天空的那一缕清气。

也是一位诗人朋友告诉我，保罗·策兰说过："诗歌不是强制，而是显现。"我似懂非懂，就想这10天里在李家宁的诗中去找寻这个诗论。体味什么是强制，什么是显现，仿佛找到些感觉。就如他开篇之作《甘当樵夫，山上寻路》一诗中的这段诗行该就是显现："生命最后的45天，有22个晚上在开会/14个晚上在外出招商赶路/3天跑4个省的劳顿，有人问你累不累/你回答：'人有信念，就不会觉得累。'"这种显现，李家宁的诗中真是不少。《人民的稻王》中的这段诗行："不让世界挨饿，成为他的富有/他蹲伏着，头颅却与稻子交流/掏出心中的激动和向往/种子从泥土里俯身向他致敬。"这些场景的显现，主人公的精神可见。诗歌表达原来也可以这样朴实、真实。

记得有人说过："好的诗人，通过现存的语言仿佛当作个人的发明进行写作，达到出神入化的境界；要想取得不落窠臼的成功，最好的办法是按照词典上出现的样子，在极端的意义上忠实于它们。"李家宁当属之吧！他就读于福建师大中文系，醉心于古典文学，他的现代诗中，少不了对经典的传承。品读中骚体的风骨犹见，如《汨罗江，流淌着诗歌的光荣与梦想》一诗中，他写道："问天的头颅/把大地铮铮叩响/离骚已经包进了粽子/……/端午的湘南/是少女圆润的乳房/……/用艾草熏过的粽黍/伴随九歌旋转的韶舞以轻飏。"骚体赋中的香草、美人喻比品质之风，像端午节俗一样，被他演绎到诗中。同时，风中见骨，他的诗中一样有傲骨挺立，如《带一颗清澈的心去拥抱十月》："岁月老去，找回自己/气质心香，俨然雅客/红尘喧嚣，内心滴露/溶解着我的血液/……/十月，我将是田中一根稻草/承载风雨，来年再承一条/丰沛之河，走出千山的驼峰。"许多诗不乏着骚体之味。他的诗还有杜少陵胸怀国事的情怀，诗言志也好，诗抒怀也罢，他的诗不离爱国爱民之怀。他在《我的胸腔，已被诗歌的火焰点燃》（组诗）中这样写道："我抚摸石榴内部丰沛的果实/就是在抚摸我新鲜的祖国/多汁的秋天是临盆的孕妇/女娲是我补天的祖母/《离骚》是我爱国的祖父。"一颗与秋果一样饱满的爱国赤诚之心，华夏诗人代代相传的血脉，流淌在他的诗行中。他还钟情于诗词歌赋，特别倾心于《离骚》与《红楼梦》，诗集中大量的篇幅咏叹着豪迈，抒写着舒暖。

生活是诗的原乡，土地是生活的根基，李家宁的诗从生活中耕耘而出，从田埂中走来，与其说他的生活充满诗意，不如说他把日子经营得诗意满满，一朵花，一根草，一串稻穗，一声鸟鸣，一个节日，他无不入诗。他有一首诗的标题是《一街去叫卖秋色》，实则他是处处叫卖着一种诗情画意的生活。用自己的诗歌让生活驻足停歇，诗成了他的生活。

李家宁的诗，功究于古典之脉，心怀国之大者，根扎一片热土。《初心逐梦》显现了一个好诗人的潜质。

10 天的阅读只能抵达这里。

2022 年 2 月 19 日于听月轩

甘代寿，笔名禾源，中国作家协会会员，宁德市作协副主席。代表作有：中篇小说《稻草垛上的女人》、长篇小说《锣声》、散文集《风的记忆》等六部。获孙犁散文奖、第八届冰心文学奖等。

序四

诗歌是一面映照热情的明镜

——读作家李家宁诗歌集《初心逐梦》的美学感悟

宋玉文

那夜，入冬以来最强寒潮席卷闽北大地，随着寒潮而来的还有美丽的山区雪景，窗外皑皑大雪装点出一片银装素裹的世界。一大早，红男绿女涌出户外戏雪，20 年不遇的南方大雪点燃了大家的热情。唯我独坐窗前，徜徉于李家宁《初心逐梦》为我打开的一个奇妙的精神世界。

诗歌是一门嵚嵚磊落、独有千秋的艺术。在文学作品中，诗歌无疑是最具有审美性的。正因为如此，关于诗歌的美，从她诞生的那一天起，门类繁多的观点就各执一端。湖南的李元洛先生在《诗学漫笔》中系统探讨了诗歌的艺术美，是为通说。他认为包罗万象的美学感悟不过就是思想美、感情美、意象美、意境美、想象美、时空美、含蓄美、通感美、语言美、自然美。然而，古希腊哲学家德谟克利特在他失传的《论诗的美》中留给后人一句残存的表述："一位诗人以热情并在神圣的灵感之下所作成的一切诗句，当然是美的。"德谟克利特不承认有人可以不充满热情而成为一个很有成就的大诗人。

我把欧洲这位伟大的思想先驱的这段话解读为诗歌的"热情美"。如果你问我，读完李家宁诗歌集《初心逐梦》给我最大的惊喜是什么，我想说，就是让我感悟到德谟克利特所说的"热情美"，真真切切、毫无虚言。

整个诗集中，他时时变化角度，把炽热的情感献给祖国。"春风是你的笑脸，鸽子为和平舒展/夏花是你的芬芳，麦穗将红旗漾漾/秋韵是你的新娘，镰刀为你而歌唱”（《祖国：我选择洁净的灵魂将您歌唱》）、“秋，满怀真情来到了人民身边/季节的雨珠，敲打着华夏的锦檐/我把最好的词写在南海浪花里/身上镌刻下江山妖娆的秋卷”（《我在秋天歌唱祖国》）、“你是铺就道路上的泥沙/你是照亮人间的万家灯火/你是多灾多难的古老大地/你就是这个不离不弃的老水车”（《祖国，欠你一首赞美诗》）……

写屈原，是家宁最让我感慨的地方。“有水的地方就有古乐龙舟/有人的地方就有醉人辞章/日夜守望，在秭归的梦里/听江风号叫，千帆织网/楚河的波浪，承载着屈子的冤魂”（《汨罗江，流淌着诗歌的光荣与梦想》）、“有人把楚辞包成了粽子/让屈原的名字躺在水上/我把粽子读成了《离骚》/翻开扉页，一层层波浪”（《这只粽子在汨罗江里煮过》）、“被江水灌洗的灵魂/犹如江面的粼粼波光/刺痛了后人的视线和思想/深入骨髓的隐痛/来自时间深处的行吟/因为承载了有温度的夙愿/映照着江边每一位过客的内心”（《端午忠魂》）。还有诸如《端午，让一条河流站立起来》《粽叶是中国诗歌最高贵的外衣》等。如果没有对历史和家国的博大情怀，怎么会有如此一遍遍深沉的爱和情感的表达。

关于榜样的力量，乔·格兰维尔有一段精彩名段：“既然真理和坚贞均告徒劳，既然爱情、痛苦和理智的力量都不能将其说服，那么就让榜样作为儆戒吧！”家宁的作品中，歌颂时代楷模占有很足的分量和篇幅。《致敬钟南山》《缅怀喀喇昆仑戍边英雄》《敬挽袁隆平》《廖俊波（藏头诗）》《甘当樵夫，山上寻路》《你蹲在田埂上的姿势，已化为一座丰碑》。还有写共产党人精神风采的作品《红船赋》《人民是江山（新韵）》《七月，你好》等。家宁是政和一中的语文教师，他的学生许多都是高考生，在这样一个极其重要的人生成长阶段，有这样一位充满正能量的引领者，对于这些后辈来说是庆幸的。

疫情牵动着所有人的心，在医护人员们向着疫情第一线逆行时，家宁作为一个正直、善良的作家，在《春天会在不远的地方微笑》中，他无法言喻自己对白衣天使的一片深情，便把思念跃上心头：“请原谅，我不能用抒情的文字/来描述这场恶魔病毒的侵袭/雨夜的武汉就像流泪的眼睛/在为每一个凋零的生命哭泣/我含着眼泪写下爱你的句子/每阕词、每首诗都情愿为爱而死/天空虽然阴霾，依然有黄鹤在飞翔/雪尽管在下，谁来镌刻白衣战士墓碑/……/向你们这群守护生命的天使致敬/默默为你们祈祷:好好守护自己/冰雪消融，樱花绽放/让我们在春天里相会。”

北宋大文豪苏轼说：“古之立大事者，不惟有超世之才，亦必有坚忍不拔之志。”能坚持长期积淀和勤奋创作是源于家宁对诗歌充满灵光的激情、热爱和旺盛的生命力。他在很短的时间连续在《中国诗歌网》刊登了50多首各类诗词作品。其中，现代诗《我想轻轻抚摸这个世界，又怕触及它的灵魂》《红梅给白雪献上红唇》《江河绕弯，流淌着永世的不舍》《把诗写得像梦一样可靠》《原来爱情是一本本厚厚的诗集》等被网络诗界高度评价，成为脍炙人口的经典作品。

他的现代诗也曾受过质疑，被认为修辞太多，文字太长，不遵诗格，而应当向隐晦的朦胧诗中寻真谛。讲到朦胧诗，就必须回到20世纪80年代初。当时，一批年轻诗人开始崛起于中国诗坛，给诗歌带来了一股新风，如北岛、顾城、梁小斌等。这批年轻诗人所引发的新诗潮之所以在那个年代傲立中国诗坛，是由特定的时代所造就的。如今，新的时代已经翻开了全新的篇章，人民富裕、国家昌盛，文学要引领新的时代精神。因此我恰恰认为，家宁的诗风符合这个时代的感觉。家宁正走在人生的深秋时节，内心是一片硕果飘香的金黄，以他深厚的文学底蕴和师大中文系汉语言文学底蕴专业水平，早已冲破了格式篱栏。

每次阅读家宁的诗，宛如策马奔驰在辽阔的草原，又如飞翔在无垠蓝天之下。他常常让文字自由驰骋，在散文诗与意象诗之间来回切换，行文不拘一格。他用博大的爱国情怀、深沉的感情力量直抒胸臆，热情赞美祖国的海河山川。有时就在一首诗中，读者一会儿被引领到远古徽州，一会儿又遨游在夜色阑珊的城市灯火中。从彩云之南的西双版纳，到北国风光的风情北疆，处处洋溢着家宁热情似火的精神品质。他的诗歌意境穿越时空，有时前句还在唐诗宋词的故事中，后一句又出现了今人追梦的脚步，作者思绪畅游在辽远的时空经纬，不分古今，不分地域，全诗思维跳跃，意象重叠，展尽古今之人间烟火，美不胜收。

我始终认为，有辽阔的内心世界才能放眼于文学的自由，作家必须有性格才有风格。家宁正阔步行走在一条属于自己风格的浪漫主义色彩的创作之路上，脚步铿锵有力。

写完这则文字，已是春在枝头、桃花盛开的时节了。

深深祝福家宁！

宋玉文，厦门大学法学本科、硕士，浙江某集团公司签约律师兼高管。南平市音协流行音乐学会副会长、政和县文联副主席、政和县音乐家协会主席。创作涉及诗歌、散文、足球评论、文学评论、小说、法学论文等多个领域，文学作品散见于各省市级纯文学刊物。在音乐领域，创作了 68 首原创音乐作品，被省级春晚、《放歌中国》栏目现场演唱，有些收入全国卡拉 OK 曲库。

目　录

现代诗

高山仰止

端午忠魂

白衣执甲

初心逐梦

热土诗魂

四季牧歌

致敬亲情

我自妖娆

古体诗词

诗

潋滟岁月

为爱逆行

时代强音

爱在政和

时光知味

情系祖国

红楼人物赋诗

词

赋

诗词鉴赏

附　录

现代诗

甘当樵夫，山上寻路

——写诗再敬廖俊波

你也是爱妻子的
却把爱深藏在心里
你本该向孩子伸出双手
却紧紧拉住向你求助的群众

你不是好丈夫
但在妻子心里是高山
背着石头上山也要干
赚钱的事让群众干

生命的最后 45 天，有 22 个晚上在开会
14 个晚上外出招商赶路
3 天跑 4 个省的劳顿，有人问你累不累
你回答：“人有信念，就不会觉得累。”

阳春三月的时候你却走了
走时天空飘着泪
谱写了那一年秋日的悲歌
你担当不起百姓与你的告别

聆听着春雨宛若聆听着你
在另一个花香草绿的三月
我们又梦见你从山间风尘仆仆地来
见一株绿得发亮的茶树伸出温婉的手

牵你翻山越岭
为人民造福，你做到了“尽心”
“圣人无常心”，以百姓心为心
廉洁自守，加班熬夜是常态
“辛勤指数”换来群众的“幸福指数”
人民的樵夫，上山寻路

巍巍熊山记得你
潺潺溪水记得你
从学校教师到人民公仆
从基层干部到主政一方
始终如一的言行
践行一名共产党员的承诺
坚守着神圣精神高地
诠释公仆的深刻内涵

把百姓福祉扛在肩上、抓在手上
你是新时期执政为民的楷模
把“务实”迈在脚下
把“清廉”握在手上
从邵武拿口镇到荣华山
从政和再到武夷新区

陪伴“樵夫”的是日月星辰
不忘初心、砥砺前行

对政和这片土地倾注了深情
铺陈忠诚与大义
把干净廉洁融入血液
伐薪为火，送去温暖
披荆斩棘，开辟新途

你是一股暖人心的清波
如明月映照着担当与责任
你是一棵挺拔在熊山顶的青松
荡去浮躁
留下一心为民的云水襟怀

功成不必在我
从政道上行稳致远
堂正做官，风范长存
斯人已去，明月依旧

芳兰生贵里，山河澄正气
流水载着落花远去的时候
我们就开始了对您的思念
也是对春天的思念

因为您是春天走的
在每一个季节
我都在想象春的样子

如果风轻轻地
俏皮地叩响窗棂
吹起了你的秀发

请你不要羞涩
那是我们对你的衷情
爱如皎皎明月
挥洒在你踏过的每片土地

本诗发表于《武夷》文学刊物，又在“海峡文学节”上朗诵播出。

精神坐标赋

——向七一勋章获得者致敬

风雨百年，青史可鉴
岂曰无像，人心如镜
坚定信仰，不忘初心
脚踏实地为人民办实事

七一勋章获得者就是明星
理想信念很“燃”，心系人民很“暖”
天地有正气，杂然赋流形
百年接续奋斗，世纪风雨兼程
筚路蓝缕创伟业，初心不忘再起航
迢迢复兴路，熠熠民族魂

小岗破冰、深圳兴涛
海南弄潮、浦东逐浪
改革开放铺展开一条道路
“风卷红旗过大关”
“渡江英雄”马毛姐
“一级战斗英雄”柴云振
“改革先锋”王书茂
“全国脱贫攻坚楷模”张桂梅

“卫国戍边英雄”陈红军……
王占山，战功赫赫的百战老兵
先后参加辽沈战役、平津战役、抗美援朝、对越自卫反击战
4 次受到毛主席亲切接见
在抗美援朝金城战役中
打退敌人 38 次进攻，歼敌 400 余人
被朝鲜授予“一级国旗勋章”

七一勋章获奖者，这些闪亮的名字
勾勒出共产党人的精神坐标像
我们还会遇到“回头浪”和“拦路虎”
还要攻克“娄山关”和“腊子口”
必须永葆革命精神，乘势而上接续奋斗
百年风华正茂，千秋伟业在胸

无限的过去都以现在为归宿
无限的未来都以现在为渊源
披一身风雨，筑人间正道
绘山河锦绣，立精神丰碑
踏过烟云万千重
砥柱人间是此峰
雄关漫道真如铁
加油努力再长征

2021.6.28

你蹲在田埂上的姿势，已化为一座丰碑

你走了，全人类的稻子都在疼痛
全中国的稻谷都低头哭泣
人民会记住，土地会记住
每一粒米都是你的魂铸

曾经的你
吃红薯和萝卜到难以下咽
在饥饿的岁月
他是神
在富足的年代
他只是一位普通的科技人员

为了大众吃饱
50 多年站在大地的低处
将自己播下去了
在泥土的深处、人民的低处
天堂没有良田，却有
人间敬献给您的珍珠

2021.5.25

今天，全中国所有的水稻哭了

今天，全中国所有的水稻
哭了
因为父亲走了
但父亲已经化为一粒粒种子
住进了永久的稻田
化作精神粮仓，滋养着华夏子弟
长成黄金，富丽在山野之间
穿行在子孙之间
茁壮着爱与仁慈

他是天下谷粒的皇帝
也是田垄上的父亲
民族脊梁如昆仑
稻浪万里有神农

他是拯救世间最多生命的良医
热爱诞下创造的男婴
他从泥土里来，到白云中去
他的世界很大
那里的稻穗比高粱还高
穗粒比花生还大
风轻轻吹过，他戴着草帽

就坐在稻穗下乘凉
民食为天天为大，功高盖世再无双
我为袁公歌一曲，舍子其谁国栋梁
春种一粒粟，秋收万石粮
四海无饥寒，袁公泽万方

放心地去吧，这个世界
吃饱了
或许
另一个世界还在饥荒中
神农尝百草，往后五千年
饱食者当常忆袁公
是您这田野里的王，让中国人
把饭碗
牢牢地端在
自己手里

2021.5.22

每一粒谷里都有他的灵魂

全世界所有的稻子，垂下哀伤的头颅
他走过的田垄
天下的稻浪，像花一样盛开
一颗稻谷生来就漂亮
稻花里都栖息着大爱
一丘丘稻田泪流满面，被悲痛铺开
禾下乘凉，弥足珍贵的理想

天上有一颗“袁隆平星”
每一次抬头，都能看到朴实无华的光芒
他心里装着天下人的三餐
我也想做一株稻穗，丰盈天下粮仓
我也想伟岸，吃饱肚子挺起胸膛
农田里的脚步和稻苗一样多

面对伟大的灵魂，星星学会颔首与致敬
每一粒种子的觉醒，都是大地最深情的一部分
在天堂，有您最喜欢的稻花树
有您最喜欢的稻花香
天上父亲，相信依然关怀人间子孙

2021.5.24

人民的稻王

每一粒大米都头戴王冠
都是大地最深情的一部分
您把一生交给田畴
田埂是你欢快的乐谱
秧苗是你初生的婴儿
颗粒是你等身的著作

中国每口饭碗背后，都藏个父亲
碗底上刻着一个名字：袁隆平
他的梦：禾下乘凉
稻籽长得比花生还大
把论文写在广阔的原野上
不让世界挨饿，成为他的富有
他蹲伏着，头颅却与稻子交流
掏出心中的激动和向往
种子从泥土里俯身向他致敬

他走了，万顷稻谷相拥而泣
一粒粒种子塞满了忧伤
白云为地球戴上挽纱

他走了，去和深爱的土地融为一体
他回归神农，把稻谷种在了天上

苍天之下，芸芸众生
一口粮，便是你诠释的
最深刻的人生哲学
他是男神，是人民的稻王
一粒种子孕育千万粒种子
是农业文明进程中的丰碑
值得大地，所有苍生祭奠的人

抱禾的人走了，把种子留下
此时，我听到种子在哭泣
而他化作天空一颗永恒的星

2021.5.27

我在秋天读你

——献给时代楷模孙丽美

你是闽东最贤惠的女儿
你是霞浦最漂亮的妻子
你用担当坚守平凡岗位
你是高尚纯洁的共产党员

你那田间记事本
闪耀皓月与星星的光芒
你用真心真情铸就时代丰碑
永远在人民心中巍峨矗立

霞浦的女儿
我在晨曦里读你
读到硕果累累
我在夏日里读你
读到心中泛起涟漪

你带领百姓致富的故事
像岸边星星点点的小花
既装满心的希冀与执着
又点燃内心的壮美

仰望你的秋硕之美
件件实事像一个个执念
敲击着璀璨的星空

于是我坚定信心
愿意在季节的渡口读你
把霞浦注入生命的滋养
把日子填满馥郁的芳香
脚步串起的情感刻进担当路上

你一走，整个霞浦就空了
霞浦的山收容着伟大与渺小
霞浦的海托付着灵魂与生命
关键时刻冲得上去，危难关头豁得出来

把人民至上融入精神血脉
以血肉之躯，守护百姓的安全之堤
最后一刻，还想着把生的希望留给别人
那场可恶的台风，带走了群众的贴心人

我在秋天读你
读出你的累累硕果
我在岗位读你
读出眼泪像落叶四处飘飞

2021.9.29

汨罗江，流淌着诗歌的光荣与梦想

一条止于湖南的河流
却流经中国人心灵的身旁
打捞也罢，求索也罢

问天的头颅
把大地铮铮叩响
离骚已经包进了粽子
但动作越来越迟缓
艾草发着磬香

有水的地方就有古乐龙舟
有人的地方就有醉人辞章
日夜守望，在秭归的梦里
听江风号叫，千帆织网
楚河的波浪，承载着屈子的冤魂

不灭的是华人年年的祭香
一粒粽子，在咀嚼忠诚中传扬
洞庭湖在荡漾，岳阳楼也在笙响
端午的湘南，是少女圆润的乳房

门前菖艾插两旁
龙舟号子在呐喊
从那湿辘辘的故事里
打捞出民族不朽之精神传扬

正气煮沸汨罗江
不必看天问的注脚
仰古之情早已涉江
楚辞激起千层浪
离骚响彻万仞山
忧伤是潮起潮落，碧绿不是过错

汨罗江边轻身一跃
将芳草留给后人上下求索路漫长
用艾香熏过的粽黍
伴随九歌旋转的韶舞以轻飏

汨水上美丽的思想
包裹那粒粒爱国心肠
那是诗人珍奇的琼佩
那是从撕裂肺腑传出的哀伤

没有爱情的人请捧起诗经
无家的人请喝杯雄黄酒疗伤
菖蒲把屈原的美德颂扬
一曲悲天悯人的音律

数千年荡气回肠
千帆追逐、万舟发聩
隔世的情感穿越时空起伏跌宕
井冈山初升的太阳呀光芒万丈
将我们可爱的炎黄照亮
汨罗江，流淌着诗歌的光荣与梦想

作者凭借本诗在全国第三届“诗人节•端午诗会”（《新时代诗典》《世界诗人》《中外华语作家》《文学与艺术》《世纪诗典》等五家期刊编辑部联合举办），面向海内外华语诗人征稿活动中荣获“十大桂冠诗人”称号。

汨罗江，一条诗歌的河流

汨罗江，从战国流来
流经秭归，化成一条诗歌的河流
糯米粽子包着千年韵律
竹叶缠绕了万缕的平仄

端者，端正，天地之心
午者，正中，阴阳交错立正
一条江，浸染了你的热忱
璞石，豪旷着不朽的绝唱

瘦瘦的《离骚》，那些骨感的词啊
将历史洞穿，比死亡更沉重的镣铐
带血的文字换来楚国的云淡风轻
忠贞筋骨迎来千万个日出和黎明

岁月是鼓槌，声声慢地敲打
招魂幡下一只鹰，盘旋的翅膀
夜观天象，今夜必有星宿降临
众行之上，不再有更高的诗峰

所谓江河，不过是一条向心的路

所谓古今，不过是逝者如斯的归宿
呜呼兮，《楚辞》沉入心灵江底
归来兮，《天问》剑指灵魂苍穹

悲愤《怀沙》，一代孤魂
《国殇》咏叹后来忠骨
夏风吹送着雄黄的清香
如《楚辞》中采薇女子的芬芳

这个节日注定与一个诗人有关
他的名字是汨罗江不死的魂
历史的风骨在此涉江，与诗魂邂逅
我躲进一首诗里嗅着艾香
一群句子围过来，安抚着我的感伤
中国龙舟在涛声里把正义高唱

2021.6.15

这只粽子在汨罗江里煮过

有人把楚辞包成了粽子
让屈原的名字躺在水上
我把粽子读成了《离骚》
翻开扉页，一层层波浪
里面有郑袖、宋玉、楚怀王
有香花香、草芬芳
把楚辞煮熟了，字字珠玑
我在水里摸出一个太阳

我把九歌唱给汨罗
纵身一跃与楚辞再醉万年
千年粽香
裹住古老的忧伤
漂泊的游子变成泥土
中国端午绾结了文人的惆怅
吃了这只汨罗江煮过的粽子
茁壮了民族骨骼
潮湿了历史篇章

端午忠魂

三闾大夫行吟汨罗江畔
徜徉在五月初五的阳光里
把最后的生路溺死水中

这弯浅浅的河水
岂能容得下
你伟岸的身躯
那块冰冷的石头
哪里读得懂
你心中的委屈

一条江成了心灵最后的归属地
而被世人永久铭记
人们在蓝墨水的上游
抛下一串串粽子
不为祭祀
只为触摸你的伤痛

端午，把缅怀和敬仰
裹成了节日的粽心
一个普通的节日
收留了诗人的高尚魂魄

三闾大夫把傲骨
托付给了这个日子
放射出了精神的光芒

被江水灌洗的灵魂
犹如江面的粼粼波光
刺痛了后人的视线和思想
深入骨髓的隐痛
来自时间深处的行吟
因为承载了有温度的夙愿
映照着江边每一位过客的内心

品格，像一面古镜
端放在我们必经路口
两千多年的离愁该怎样延续
这呜咽的江水里也有我的泪滴
从左徒到囚徒，从郢都到汨罗
屈子之心，义胆忠肝

路漫修远，上下求索
我们感动于你的执着
木兰坠露，秋菊落英
我们仰望你的高洁

中华文化，精神图腾
有你注入，阳刚之气
你孕育了历代知识分子心灵家园
滔滔历史长河
留下了你不灭的墨香与正气

粽叶是中国诗歌最高贵的外衣

一滴酒里居住着诗人的故乡
李白耕耘着月亮的意境
东坡照着月亮的物境

粽叶是中国诗歌最高贵的外衣
它裹在三闾大夫的身上
提供压轴的馅、朝觐的芳香

中华民族打捞起雄壮的魂
让丰碑耸立成雄狮的模样
无数个屈原正徜徉在水中央

遥望郢都你低吟《橘颂》
处浊世而独醒，鹧鸪哀啼鹤声咽
粽子的香，接纳所有的吉祥与安康

《离骚》只是一首谁读都是国殇的诗
除了屈原，没人能够活过一个节日
别人的坟在山上，你的坟在江下
沅湘的水枯了、瘦了、暗了
而后，渔父在楚辞里悲戚地笑了

那些诗经和骚文像一片片艾叶
刺穿暮霭里沉沉楚天
粽子一个系一个，爱与爱相拥
如同人们包裹起的怀念
一个朝代的寒，被另一个朝代暖和
雄黄酒，存放在白娘子许仙的故事里
苇叶、艾叶都挂上了用蜜捏造的药丸

2021.6.13

请你记住这条河的乳名

一条龙舟，承载着屈子冤魂
让汨罗的祭祀香火不灭
一粒粽子，果腹的是醇厚米香
营养的却是闪亮的忠诚

每年端午，与先哲对话一次
时代的骇浪翻腾着不死魂灵
五月每一块河石
都是用翡翠与珍珠铺就
雄黄酒浇湿了中华大地
白娘子的哭泣在山谷回荡

有多少疑问要问天
就有多少离骚传说蔓延
请你记住这条河的乳名
忘掉五月的污浊

一位诗的先驱，永驻蓝天圣殿

一条江流经湘土
连着诗一般高贵的血统
一个人，死在历史
闪耀在灿烂星空中的不朽灵魂

走失了一位忠心大臣
却迎来了光耀千秋的拷问
叩问被罪恶捆锁
清洁的眼目，照亮诗魂

吐纳风云《天问》作歌
伍子胥投钱塘的赤胆忠诚
纯朴的亲人用粽子蘸蜂蜜
把苦艾蒿一样的节日过甜

每年的五月都有伤感
不仅因抱石投汨罗江的屈原
动人的故事在岁月中陈酿
一叶冰草锯断了人间爱恋

有一些悲伤早已渡河而去

有一些喜悦迟迟还没到来
路漫漫其修远兮，待《离骚》
拥在怀里，十里之内必有芳草
《离骚》已升华成不死的诗篇
一位诗的先驱，永驻蓝天圣殿

端午，让一条河流站立起来

龙舟竞渡，打捞一段历史的回声
一枚粽子里的深情与酸楚
投向江心，也是投给一种信仰
一滴清泪落下，一个故事哭出声来
那个无路可走的诗人
纵身一跃的眼泪砸碎了汨罗江

龙舟的号子依旧不停地打捞
那首丢失的《天问》
一纸苇舟远去
一片雪花落进雪地的深处
一粒米它那么小，是怎么
住进了一位菩萨

手中刚摘下的箬叶，包裹起
今天的日子，然后点燃灯
放在江流中，直到一条河流站立
起来，为赶赴的灵魂照着前方的路

穿越《楚辞》铿锵的故乡

我情愿做一朵被风吹醒的石榴花
摇摇晃晃，行走在菖蒲与艾草间
在熙来攘往的独醒亭打坐
在天问的剑锋上，弹奏骚风楚雨

一枚湿漉漉的诗句
刻着荆楚大地的泪痕
却丰腴了一条江的辽阔
成就了纪念的永恒

粽叶折成一只只小船
装满白米的剔透
运抵江中
让鱼儿们不再惊扰诗魂

惊世的《离骚》
伴奏清流咏叹
白云盛开千年的雪莲
汨罗眼眶翻滚的热泪

我情愿是艾草上的一颗露珠

在月夜汨罗江边，打湿了诗人的衣襟
历史就会翻出旧账
向汨罗江索讨诗人的亡魂

真理的罗盘在两千多年岸边立下坐标
无数小时代装入眼眶，擦拭文字寻找
探索者在诗词歌赋中培植水土
和水土养育的一方人民

一枚枚粽子在慷慨激昂地演讲《天问》
花草，自动地点香思念，燃烧成霞
一个人的名字因而生动，端午爬上山峰
于是，汨罗江有了长度和高度

香草深处浊的还是被清的看见

一个带剑的忠魂
从那湿漉漉的故事里
跌宕起伏，彰显自尊

那块沉在你怀中的石头
日夜守望在秭归梦里
为语言清洗，为目光铺垫

香草深处
浊的还是被清的看见
故乡的端午是那满天的繁星

那遍地的知了倾诉在耳边
何时吃到故乡粽子，把菖蒲挂在门前
何时才能回到飘满艾香的城市
像屈原纵身的一跳，回到诗歌本身

把苦涩泡淡，枯叶喊绿
用清秀的莲香润笔
舞墨飞花，让灵魂在波光
灵动的纯净里，滴翠成章

珞珈山的樱花，正在燃烧

这一次的樱花，没有万人空巷
只有独自静静地绽放
二月为疫情的发展紧张而揪心
为医生的英勇付出而感动
为同胞的罹难而悲伤
在时序中，我们将告别二月

武汉除了武大的樱花，还可看
绿树环绕的黄鹤楼
风景秀美的东湖荷塘
矗立着黄鹤楼的蛇山

历代文人李白、王维、陆游等
均登临游赏，吟诗作赋
热干面、豆皮、面窝，让人流口水

三月，所有美好如约而至
燕子飞来，花草飘香
春天拂过你的脸庞

鱼儿跃出水面，鸟儿飞过林间
这个春天，几万名医护人员战斗
“90 后”乃至“00 后”志愿者
从他们的身影看到了中国的未来

也许泪水流尽土壤更加肥沃
也许我们歌唱太阳，也被太阳歌唱
也许肩上越是沉重，信念越是巍峨
提枪上马赴国难，天下悲欣愿大同
我们正穿越灾难，浴火重生

向医者仁心致敬！珞珈樱花正在盛放
像我们的心在燃烧，是英雄的血液
点燃我们皮肤下的每片春天

本诗发表于《福建作家》2020 年总第 46 期。

黎明的那道光定会穿过黑暗

2020 年的这个春节
年味里飘着消毒水的味道
空气中糅合了奉献者的力量
“武汉挺住”“中国必胜”
喊出了这个节日最铿锵的强音

虽然狂魔阻止了春节的欢乐
劫难吞噬着人类的肉体
但大家听从召唤，在家中自觉隔离
华夏齐战疫情，誓还世界一片安宁

命运是大海，当你能够畅游时
你就要尽情游向你的所爱
因为你不知道狂流何时会到来
或许会卷走一切希望
该结果子时就结一树果子
该睡时就香香地睡去
不似人这般万千愁绪
灵魂迷失在旷野中

我真想在书里大哭一场

我生命里的雨水，尘世里的雨水
你何时还能让我澎湃汹涌
晨曦穿透天际以光明磊落的清亮
无论是凄风苦雨抑或是蓝天丽日
沿着风尘的足迹，仿佛神的旨意

从未有什么岁月静好，现世安稳
只不过是有人在替我们负重前行
把喜鹊放回森林，把奇兽还给山岗
请把生命还给生命，放下你的屠刀
让生命回归自然，冰雪消融
疫情控制，武汉开满灿烂樱花

纷繁多少衣装，珠绣累积满筐
无意于室内凝香，和风斗草
寂寂长日好无聊，帘外方为好时光
白翎鸽飞跃黄鹤楼，长江大桥风景如画
我的肩上是风，风上是闪烁的星辰
你看不见泪流成河，是因为其中
没有哪一滴来自你的双眼
但黎明的那道光，定会穿越黑暗

本诗发表于《闽北日报》，后在《名家荟萃文化传媒总部》朗诵并刊出。

写一首最美的诗赠春天

2020 年的春天
口罩和消毒水卖空了
街口的咖啡店上锁了

梅花裹着芙蓉红的小蹄子
纷纷去了报恩寺打坐
风很轻也很柔
亲吻着每一片叶、每一朵花

每一朵花都在讲一个故事
讲戴口罩的日子里、庚子年初
发生的这一切

一种叫新冠病毒的黑，潜入人间
喜庆蒙尘，病毒像支暗箭，在人间
穿梭，昨日的歌谣抵不过深情的泪水

英雄出于平凡
白衣天使义无反顾扑向了黑
如人体内忠贞的白细胞舍身而取义
大地已设栅栏，寂静弥漫原野

万物回到最原始，花也有脊梁
它提早报道春天，为一座城祭奠

我们回归原来的生活
是否会记起在拨无主的手机
死去的亡灵长出一个春的哲学问题

走过去年的花墟，还是踩了灵魂
打开季节的扉页，时光打了一个盹
满园的春色便怎么也关不住了

植物落在浩瀚的雪里就成了雪
无数的翅膀在瓦蓝的天空飞起
裁我洁净的躯体和体内的嶙峋写诗

山川异域，风月同天
为什么我的眼里常含泪水
因为我对这土地爱得深沉……

三月，疾病很快会退去
心灵之痛，我们以诗疗愈
春风十里，我们的爱温柔如初

本诗在由南平市文联、南平市作协、南平市电视艺术家协会为抗击疫情举办的《书香南平》活动中被评为优秀作品，由南平广播电台播出。

戴口罩的春天

戴着口罩的春天
露出惊恐的双眼
口罩里的大嘴
曾经伸出贪婪的猎枪

前所未有的新型恶魔
闻所未闻的冠状孽障
84 岁的老人再度挂帅
酝酿与春天有关的第一行诗

口罩，试图毁掉我和春天的约定
口罩，不可能给春天打上封条
我们和武汉结成生命共同体
风为你，擦去眼角的泪花

被汹涌的长江水喂大的武汉
被巍峨的黄鹤楼撑起了的武汉
心连心，我们都是中华儿女
一声呼唤，遥远的星辰也能相望

为一座城市写下虔诚的文字
14 亿人的爱，注满长江与汉江

我害怕春天

希望从泥土发芽，又腐烂成尘泥
桃花从怀抱跌落，摔成一地绯色浓艳
灯火，照亮银河去开启下一个崭新黎明
折一张阔叶，包一片月光回去

夹在唐诗里扁扁的，像被压过的相思
但愿上林皆是锦，出门都是看花人
而我迟迟不敢上前抓取，春天
让我心生胆怯

放一把火把雪都烧了，烧成另一个春天
一见钟情太肤浅，日久生情太苍白
敢在时间里自焚，必在永恒里结晶
连夜替你再赋一行诗，留在停电的晚上读我

三月桃花，两人一马
明月天涯，岁月漫长
万物凋零，我们拥有天空
替你多爱了一夜人间

揽一怀清风相会，拥一团春花相对

其实我并不是绿叶，你也不是花蕾
回首往事为何还要感到惭愧
无人与我立黄昏，无人问我粥可温
我们终于在各自岁月里，独成篇章

2020.2.23

春天会在不远的地方微笑

请原谅，我不能用抒情的文字
来描述这场恶魔病毒的侵袭
雨夜的武汉就像流泪的眼睛
在为每一个凋零的生命哭泣

我含着眼泪写下爱你的句子
每阕词、每首诗都情愿为爱而死
天空虽然阴霾，依然有黄鹤在飞翔
雪尽管在下，谁来镌刻白衣战士墓碑

死亡已为无数的生命写下顽强的意义
在寂静中，我们听到了挖掘机的轰鸣
把春天还给春天
春天会在不远的地方微笑

我已向云空预购了万顷蓝的天宇
我亦向青山包揽万亩殷红玫瑰
二月的丘陵河流，三月的森林蝴蝶
我已经听到了春水在轻唱低吟

向你们这群守护生命的天使致敬

默默为你们祈祷：好好守护自己
冰雪消融，樱花绽放
让我们在春天里相会

2020 注定是一个浪漫的年份
那些从四面八方逆行而来的白衣天使
他们就像一只只飞舞的白色蝴蝶
为武汉，为我们带来了春天的讯息

如果文字能够杀死病毒
我情愿把我的诗歌做成疫苗
注射到携带病毒的体内
让那么多受难之人，呼吸上迷人的笑容

感染病毒的人数在微信里攀升
我和沉默不语的故乡，拒绝酒杯
疫魔就是一只胆怯的鸟，必无处遁逃
无私的光不住滴落，像得到一双手的安抚

逆行的背影，羽化成春天最美的风景
那翩翩天使温婉的笑容
融化大地坚冰，拒绝与喜庆有关的所有动词
在内心安放一对柔软的翅膀

2020.2.20

中秋客愁新，全民皆抗疫

穿过一条河流就可以抵达故乡
踩着一朵白云就可以亲吻月壤
用文字举办一场修行心的菩提
意象中那轮冰壶酿成岁月醇香

玫瑰绑架爱情已成为惆怅花朵
满月似一枚铜镜被万首诗咏叹
采一朵玲珑月光酿成甜美琼浆
月缺想你月圆念你成千古绝唱

明月何姣姣怎奈何露从今夜白
照我罗床帏采菱女一道夜歌归
白兔捣药秋复春嫦娥孤栖谁邻
月照金樽移舟烟渚日暮客愁新

熬最深的夜吃最香的饼和香蕉
花间一壶酒独酌无相亲频举杯
西北望乡何处是东南月儿曾圆
今夜月明人尽望不知秋落谁家

2021.9.19

秋风没有和家人团圆

秋风没有和家人团圆
黎明也没有
乡愁是一个厚厚的酒杯
总在月牙升起疯狂的惦想
张果老砍伐裟椤
陪伴美丽的嫦娥
殷勤的玉兔捣制良药
根治人间的抑郁和忧伤
独在异乡倍思亲
看月儿绕过村庄
玉盘，端出来一盘
星光的葡萄

吴刚砍落的桂子
诗仙独酌的酒杯
一枚月亮种在天上
也就种下人世间的唏嘘
冰轮映照你脸庞
美丽写满每个角落
笑语淌过你的爱河
团圆成就许多传说

扼住洪魔的咽喉

从大禹治水至 1998 年抗洪
从河到江，从上古迄当今
汽车冲走，房屋倒塌，地铁被淹
火车、汽车、民航全部停运

乌云偷走了太阳，闪电施展着淫威
广厦变为鱼鳖国，高堂转作水晶乡
洪水舔舐着胸口，连根把村庄端走

战胜一切磨难，我们有足够的力量
解放军山一般的雄姿
巍然抖擞，豪气惊艳了中原大地

武警傲视惊骇的挑战
热血发出雄狮的怒吼
阳光的笑容总在洪水之上

诗人说，我要用嘴吸干肆虐的洪水
中原暴雨狂，街头巷尾变汪洋
天河决口，百姓遭殃，淹地铁，垮桥梁

没有恐惧，没有惊慌
他们知道背后有祖国，有党
万众齐心同奋斗，九州协力共担当

有难一起扛，有灾一起挡
团结就是力量
谱写一曲大爱无疆

绝不会低下高贵的头
让我们握成钢铁拳头
奋力扼住洪魔的咽喉

2021.7.25

祖国：我选择洁净的灵魂将您歌唱

荔枝甜透了五月的枝桠
菠萝染香了六月的晨风
玉米饱蘸着七月的坚毅

每一方热土都震荡着一声巨雷
每一座山峰都摇动着一个声音
“伟大光荣正确的中国共产党”

春风是你的笑脸，鸽子为和平舒展
夏花是你的芬芳，麦穗将红旗漾漾
秋韵是你的新娘，镰刀为你而歌唱

嫦娥五号拿回月壤，火星探测
神舟十二号首次绕飞空间站
祖国，你水灵如一支嫩生生的茭白
隔壁那朵菊花，昨夜在他心头绽放

瞿秋白手中的那束野花
杨靖宇腹中的那点草粮
焦裕禄窗前的那盏油灯

廖俊波下乡的脚印一串串

采薇采桑的手，编织云锦
我们喊江喊海的歌喉放亮
她的笑容是闪亮的子弹
他的绿焰，复活了干涸的灵魂

初吻，留在一张干净的纸上
爱祖国，不需要修辞
犹如雪花不需要翅膀
祖国——我选择洁净的灵魂将您歌唱

2021.6.24

红船赋

一艘伟大红船，从南湖驶出
托起信仰之头颅，擎起希望之大手
用智慧力量开拓着未来
如引路明灯筑就了长征的丰碑
铸就了抗日战争的万众一心
鲜艳了秋收起义的旌旗

古田会议兮军魂铸成
遵义城头兮乾坤扭转
一条小船，诞生一个伟大的党
“红船精神”同
井冈山精神、延安精神、西柏坡精神等一起
伴随中国革命的辉煌

董存瑞、黄继光、刘胡兰、江姐
面对敌人不折腰，挺立高昂头颅
英勇红军赤水四渡与敌周旋
草地鞭驽，雪山策蹇
驱逐倭寇兮延安号鸣
横扫敌顽兮南北转战
头颅抛，青春献

狱中绣红旗，疆场饮飞弹
生命换来祖国新生
鲜血染红党旗招展

焦裕禄、孔繁森
廖俊波、黄文秀
优秀共产党员，执政为民
震撼人心的脱贫攻坚，坚韧顽强

若夫九州正丽日，赤县逢尧天
狮吼惊天兮雄踞，苍龙跃海兮飞旋
且夫红雨随心，青山着意
争朝夕，克坚难，顶风霜，战天地

信仰的目光，把你凝结
卓越的史诗，把你抒发
巍巍的宝塔灵光四射
窑洞灯光刺破长长的寒夜

大生产运动
让荒野变成绿色的诗行
红米饭、南瓜汤
养壮革命理想、气冲云天
一把镐头掀起情融入梦的家园
一把锄头除去数不胜数的苦难

五洋捉鳖兮蛟龙潜跃
天阙揽月兮嫦娥遨游

动车飞越兮无忧路远
航母行巡兮不惧浪高
新时期，继发展
九州合唱扶贫战歌
彤彤乎祥瑞云蒸，艳艳乎祯祺霞蔚
如此政党，举世何有
霞染登路，日照行程
赫赫兮千秋景业，煌煌兮伟大复兴

2021.4.22

南湖的那只小船

南湖的那条小船，载着热血青年
引领中国开始新航向
锤头和镰刀碰撞，远天的鸽子衔走
最后一丝黑夜

你从惊涛骇浪中涌来
朝霞染红了万顷田畴
你向革命圣地走去
阳光洒满了七月窗台
将侵华日军逐出神州大地
将蒋家王朝赶到台湾孤岛

岁月的尘埃，曾使您步履蹒跚
历史的沧桑，曾让您饱经风霜
大地印证，是你把中国从苦难深渊解救
宇宙传音，是你把人民从黑暗领向光明

嘉兴的游船，依然留着您的呼唤
井冈山扁担，担起了富裕的重任
天安门城楼的炮响，不再是战斗
中国梦的故事，传诵民族复兴理想

我在秋天歌唱祖国

99 年前黑暗笼罩中国
共产党像太阳灼灼普照
光焰照亮了帕米尔高原
长白山的森林笑开了颜

秋，满怀真情来到了人民身边
季节的雨珠，敲打着华夏的锦檐
我把最好的词写在南海浪花里
身上镌刻下江山妖娆的秋卷

一条向下的河流扭转回头
把我的喊声传递给黄土高原
一粒种子种进了我的身体
蒸发掉人间的忧伤和贫穷

他们用脚书写山路，用粒粒
汗珠计算着脱贫的加减乘除
掏出井里那一轮月亮
终于用透亮心掏出了黎明

听惯了山川对太阳的颂词

用忠诚垒起了我的海拔高度
列强的刀剑，瓜分了我的纯度
越活越难辨认千篇一律的体肤
中华面孔，用毅力与勇气
打造一座，喜马拉雅站立着的碑
红军战士，从灰烬中爬起，方志敏说
敌人砍下我们头颅，动摇不了伟大信仰
把一生吃下的黑，转化成夺目的光
昨天散落的粉笔灰，化作今天的云朵

2021.4.30

滚滚年轮将奔赴新的岁月

滚滚年轮，将奔赴新的岁月
正月鞭炮齐响，二月踏雪寻梅
三月桃花酿酒，四月杏花飞舞
五月石榴花开，六月小麦归仓

七月红心献党，八月桂花绽放
九月金菊吐艳，十月稻谷飘香
十一月银杏金黄，十二月雪落暖家
旧岁已暮，新岁就在前方

日历上撕下这薄薄的几页
天地万物衰荣生杀
但大地依然裸露生命顽强
温暖像秘密，在心里珍藏

站在旧岁的隘口，我们依旧
要满怀热望，不究过往
绿蚁新醅酒，红泥小火炉
雪花圣诞，跨年元旦，未来可期

人间忽晚，愿冬来无恙

念一城雪落，圣洁无染

念一段过往，沉淀安然

愿此生温柔纯良，你我暖安

2021. 12. 1

拥抱全新的七月

七月，锤头和镰刀构成的图案
七月，把真理刻进意志的季节
七月，春雷唤醒了沉睡的雄狮
七月，生命诠释了日月换新天
七月，也是扬帆起航、再创百年

辉煌的七月，永远镶嵌在党旗里
欲渡黄河冰塞川，将登太行雪满山
长风破浪会有时，直挂云帆济沧海
七月，所有悲伤散去，幸福会绽放
红云似的蔷薇，在脚下铺作一条花路
栀子沁人的芬芳，零落成泥来年再会
汗滴禾下土的辛劳，换来沉甸甸稻谷

捧一本书，感受纸质的每一页芬芳
榻于篱下，倾听邻里的每一句家常
去看那娉婷的映日荷花
观赏一场华丽绽放烟火
烟火七月徐徐而至
所有美好如“七”而至

2021.6.30

祖国，欠你一首赞美诗

你是泰山昆仑，你是江南塞北
你是松柏蜡梅，你是碧螺春大红袍
你是年年守望的一秆麦穗
你是岁岁纺出的一朵图腾

候鸟的梦里有一条发光的河流
记忆变成它们的血肉，一分离会痛
岁月对她关上了另外一扇窗
而身体里某一种力量已苏醒

你是铺就道路上的泥沙
你是照亮人间的万家灯火
你是多灾多难的古老大地
你就是这个不离不弃的老水车

你是最容易被忽略的秋叶
也是最容易被遗忘的乡愁
你是被岁月熏黑的土灶
也是一只被爱呵护的乳燕

你是亿万张普通之脸

照亮别人的亿万星辰
他们吃着大米饭喝着南瓜汤
在围剿中将革命进行得热火朝天

江竹筠、方志敏、焦裕禄、孔繁森
花开了，他们还是没有来
是不是当初的诺言，都随着岁月流逝
化成了一个个花季

孤单的身影走远，融入历史的溪流
留下丁香花的香和这七月芬芳的雨滴
南湖的红船游到瑞金的土屋
从陕北的窑洞开到中南海，不忘初心

你是温柔如水的女儿
当清风飘过繁华都市与宁静乡村
气色暴露了经年的秘密
我这个诗人，没资格做她的灵魂伴侣

2021.7.15

镰刀锤头修饰的第一百个春天

我从长江的源头走来
走进五十六个民族儿女的心里
镰刀锤头修饰的第一百个春天啊

为了迎接她的光临
我们奋斗了整整一个世纪
从南湖红船划动的那一刻起
这个春天就萌发在壮丽憧憬里
血与火的播种
二十八载艰难岁月的洗礼

这已不是第一次相约
这个春天从破土拓荒的那一天起
犁平一道道坎坷，踏破一轮轮冰霜
为社会主义耕耘出一片片新绿
捧出了争奇斗艳绚烂的花期
抑制不住盎然的生机啊
向着人民幸福的目的地
蔓延、汇聚
进军“两个百年”伟大征程里

这个春天，乘风破浪，驶来伟大巨轮

披满霞光，向着民族复兴的彼岸
启锚、进击
相约胜利，相约奇迹
相约崛起，相约复兴
一次又一次镰刀锤头的相约啊
一代又一代中国梦的接力

我揩一把泪水穿成感恩的珍珠
献给中国共产党的生日礼物
我定制一份红色的请柬
英雄纪念碑是画面主体
灿烂阳光做底
劳动奖章闪耀出时代瑰丽

我想打造一份绿色的请柬
抒写“中国故事”独特的魅力
以“命运共同体”的名义
打造地球和平发展的崭新格局
盛世中国终于要托起
第一百个春天绚丽的晨曦
携手跨入第二个百年春光里
将释放怎样的欣喜，去拥抱
又一个灿烂的花季

七月，你好

彩虹做成的旗帜飞扬成史诗
我们用真诚和纯洁写祖国的名字
目光所至，皆为华夏
五星闪耀，皆为信仰
行稳致远的巍巍巨轮，破浪前行

捧读七月的鲜花
感恩苦难后的幸福
生命只接受生命的礼赞
花朵正经历开放的喜悦

黄河源头浑厚的魂魄
香江两岸缤纷的紫荆
圆明园的石柱蒙受蹂躏之后
依然昂挺着不屈的头颅
龙的后裔续写惊天动地的辉煌篇章

2021.7.1

百年前那个七月

一个主义的田垄，要长出
镰刀和锤头的意象
去背负一座江山的图腾
一群东方的年轻人
骨头挨着骨头
他们将年轻的容颜写成碑文
他们还没有做丈夫和父亲
苍穹下用年华点染亮色
哺育神州的每一寸山河

大渡河的霏霏雪雨
太行山的血雨腥风
延安窑洞的斜风细雨
从单薄走向厚实
从年轻走向成熟
驶向一个新的世纪

百年的筚路蓝缕
那面旗帜穿越了雪山和草地
祥云和白鸽子的翅影与
滚滚洪流的铁锤，供养的镰刀
将人民利益的航灯再一次高擎
中华民族千秋伟业
百年恰是风华正茂

我骄傲，我是龙的传人

亲一亲黄河水，吻一吻长江浪
双手举起长城，挺胸扛起泰山
黄皮肤、黑眼睛、黑头发的人

我的中国母亲，养了很多孩子
是世界上养最多孩子的母亲
她天生丽质，又含辛茹苦
她勤劳大度，又雍容华贵
身体的每一部分
都有令人爱慕之美
她从太阳的光芒中走来
她从月亮的银华中冲出
扫除内忧外患，搬走三座大山
她有一个家，名字叫中国
家里盘着两条龙，是长江与黄河
她自豪是龙的传人

青藏高原是她挺起的头颅
黄河长江是她脉动的血液
长城是她刚强的臂膀
黄山是她俊秀的脸庞
我骄傲，我们是中华儿女

我们是龙的传人

我骄傲，我是华夏儿女
在我的国土上不光有
北京故宫、天安门、九寨沟、布达拉宫
还有那隔海相望的阿里山、日月潭
还有那永放光芒的延安精神、西柏坡精神
我骄傲，我是龙的传人
当掌声把神舟十二号送上蓝天
我骄傲，我是中国人
当孟晚舟飞越太平洋，回到祖国怀抱
我骄傲，我是龙的传人

我是敦煌壁画的传人
我是唐诗、宋词的继写者
让翩翩欲飞的壁画与我们同往
让初唐四杰与唐宋八大家与我们同在
让诗仙诗圣、词宗词帝与我们共饮一杯
再续写《兰亭集序》《滕王阁序》《赤壁赋》《虞美人》
让中华文化
再次在世界之巅熠熠生辉

百年前的一个夜
巨变前夕的枪炮声
敲碎了宁静夜
四面楚歌是姑息的剑

当余光中的那张船票
贴在祖国统一的巨轮上

当阿里山的姑娘在日月潭边
唱一曲《我爱你中国》时

我骄傲，我是中国人
我骄傲，我是华夏儿女
当《义勇军进行曲》唱响台北上空
我们就是蛟龙，蛟龙就是我们
我们就是雄狮，雄狮就是我们
我自豪，我们就是飞天的后人
我骄傲，我们都是龙的传人

2021.10.3

我站在狮峰上狂舞

自然之神，青睐眷顾
镌刻佛子山，鬼斧神工
岁月又在狠狠地抽搐
要我用诗歌涂抹她的风度

翻越一座座海豚似的狮峰
她依然不屈不挠，挑战我的心术
刚领会老庄皆我所用大道
却被艳阳凿成历史迷雾
那些刚刚醒来的庞杂灌木
结不出历史的果实

经卷的诵读声源于狮峰寺
足音深深、香火簇簇
与狮子岩峰永世相伴
那么深情专注

青鸟为我奋飞
山虫替我百度
蜻蜓快递红豆杉的名片
把光阴喊住

笔架山有一万个佛僧在诵读
蛙岩有儒释道的云岚飞舞

停下攀缘的脚步
对着蓝天暖风
打开相素
一米阳光在山岗上
精心潜伏

那些星光下的诗句，已排成队伍
等着迟到的燕儿、雀儿诵读
给我体温的指数
我要和生命的稠岭比高度

一开门你就笑成桃花一树
给我一轮东山村的日出
冲破镇前喇叭口的尘雾
指尖扣紧杨源倒栽衫奇树

天理甩掉世俗追逐
你是化育天下的旗帜
从城关到山麓
从繁华到荒芜

诗经与离骚，千年飞舞
温馨和惬意，仙客倾慕
唐诗与宋词，在此生成礼物
二五区一只候鸟，在此踌躇

智慧老人取出灯盏
指点迷津，探照出世之路

现实的斧子，毫无用途
曾经的真理，风化腐蚀
虔诚定格，仰止的高度
决不做传说中那只仙狐

立志用功，亦如种树
破山中贼少，破心中贼无数
耳畔想起王阳明
为善去恶是格物

本诗发表于《青年文学家》(黑龙江文学艺术联合会)。

把倒栽杉的意家背向远方

一条河住满了鲤鱼，所以不熄
他演绎了斑斓的红海
一棵树倒栽了，但他不会死去
还庇佑山民千年
故乡，我是您溪流中的一尾鲤鱼
游弋在母亲心河，紧贴脉搏
我愿是您四平腔中一个念打
黑眼睛里坐着一个至高无上的乡魂
在一杯温情里续写光阴扉册
每个字都被传奇平仄

缕缕乡音，与诗句一齐坐观锦绣
故乡，我是您词海里一枚动词
我沐浴您的芬芳，夜夜与您梦萦
我徜徉您的流波，朝朝鉴证光阴
我愿是您的一杯新娘茶
在喜悦的芬芳里，打开青春的童话
与花桥对话，与洞宫相恋
把倒栽杉的意家背向远方

本诗发表于《青年文学家》（黑龙江文学艺术联合会）。

此刻，有谁在世上的某处哭

诗是一根无形的绳索
要么被押韵捆绑，要么被平仄拘束
要么被对仗限制，要么被贫庸或黑暗放逐
一筐山河，在笔尖踯躅

诗比芭蕾舞美，仿佛
小动物寻觅到了美餐
当我的血成为那条喷洒的河流
你的魂就会成为日夜静卧的山岗

诗是一株白梅
梅花生病似的，开满枝冠
春却没来，只有满目的枯枝败叶
站在时间之外，漂白四季与年华

一些地方晦暗不明，那是城郭人间
在夜的黑暗里碾磨着虚无
走在枯萎世界的核桃壳上
踩灭弱小的地狱和天堂

把意象分解成无数的碎片

他解除了所有的捆绑
连同解除的僵硬思想
诗是我今夜的玫瑰花一束

2021.7.16

蛙岩，那朵云的心事（二首）

一

蛙岩的美也没能留住你
稠岭的风它陪着我哭泣
你的倾情还在我耳边响起
告诉我你曾来过这里
我酿的酒喝不醉我自己
你养的鸡跑遍山地
我愿意陪你翻过稠岭穿越周宁
直达福鼎

可你不辞而别还断绝了所有的消息
心上人，我在太姥山等你
他们说你嫁到了罗源
是不是因为那里有好多的海鲜
再没人能唱出像你那样动人的歌曲
木屋外又有麻将声声响起
我知道那一定不是你
再没人能唱出好听的《可可托海的牧羊人》

二

这里的蓝天，蓝得迷离
犹如你那忧郁的眼睛
把沧桑轻轻揉碎
留一纸墨香陪伴廊桥
看见廊桥也就看见新的天地
岁月深处，描摹爱的模样

也许迷途的惆怅会粉碎我的美梦
可我相信未来，光明就在前方
白云用翅膀掀起那天边的海浪
我用身躯托起吻别山峰的太阳
纯洁如雪的爱，托起的心
动荡了我们的一缕缕情殇

白云在天空自由地翱翔
一路欢歌，一路悠扬
廊桥横卧在佛子山下，金碧辉煌
蛙岩骑靠在溪流中央，俯瞰世间
白云的心事，悄悄地游走
我看见了云朵的慈祥
您是我心中最美的天堂
您的爱早已流进我的心房

在蛙岩，我看见最美的湛蓝
让白云消弭你对爱的惆怅
忘记凄美的爱，饮一杯绿茶芬芳
喝一碗最美的鸡汤
有情人心儿滚烫
那是我燃烧的目光

2021.7.11

梵音从佛子岩里蹦出来

带着一座楼的身体
和一只鹤的心脏
还有一颗诗经的灵魂
与太白的诗共登上佛子山

你和我之间隔着一场梦
脚著谢公屐，身登青云梯
半壁见浓雾，空中见蛙岩

我独坐佛子岩山巅
将万里浮云当作佳人拥怀
这里风声编织着佛教的故事
清朝人讲述着明朝悲催的故事

身披衣裳的人挥霍啤酒的泡沫
冬雪迎着尘世，历数我们褪色的青春
就像一个苍白的形容词
挥霍掉人间所有的动词
才决定在有月光的海面牧羊
奢念没有星星的白天有月光
我的日子在寂寞中度过

双手捧着每日的赢利
生活终将一无所获
生命愈加葱郁蓬勃

故乡就在一朵云的根部
我看见的暮年，吞下一枚落日
于四季的轮回中，路过红尘
梵音从佛子岩里蹦出来
《法华经》云：“燃香一炷，宿业俱消。”
刺血为墨，折骨为笔，书写经典
每月身内燃香若干炷，燃灯若干盏
上供十方如来，下济六道众生

倚马稠岭坑上望
分明有狮在高岗
孤峰回挺天光碧
巨石还依曙色苍
明代诗人与当代诗人神交此地
悟道休言天命
修行勿取真经
一悲一喜一枯荣
哪个前生注定
幽幽古刹千年钟
都是痴人说梦
经卷中的木鱼声
接过滚热的香灰

2021.5.27

佛子山，上帝秘藏的经卷

读山就要读佛子山
看山就要看佛子山的山
伟大的山就是佛子山的土特产
被佛子山阅读过的人，人生值得

一棵棵树木组成诗行
一簇簇花朵构成意境
就等您来，补充最灵动的一句
抒写深情满满的一章

所有人间胜境都是神仙们的地盘
云游四海的神仙，途经佛子山
就再也不肯离开了
佛子山，上帝秘藏的经卷

有佛子岩、笔架山、双狮峰、仙女梳妆
八戒峰、夫妻岩、弥勒岩、十里画廊
这里的山安静修行，却生下了上善若水
水可洗礼，灵魂伸长脖子喝水解渴

我请云和雾为你画画

你用光和影为我写诗
灵魂得到洗涤升华，从此
所有人间胜境，都是他们的地盘

炼丹高手张果老、仙风道骨张三丰
门下的神仙个个身手不凡
每一笔都光芒万丈，每一字又藏风聚气
“佛子岩”因神似礼佛弟子而得名

时间佛子山还原为石头
起伏的石笋成为深奥的标本
在此偏安一隅，独善其身
发出比生命更为严肃的光芒

诗歌要像狮峰的山站在世上
站出高度，站出崇高
站出美，站出爱的姿势
佛子山上的一草一物，都是诗意的补丁

2021.12.9

一座县城，刻下一个冬日的温暖

镰刀割下的麦穗
锤头敲出的声响
深秋的风割下
田野庄稼不经意的头颅

双手一直攥紧时光遗忘的
那些文字
一世一世叫不上名字的小草
血液在骨髓里不屈地流淌

远航的诗篇尚未启程
沧海桑田风干满腔的绚烂朝阳
秋后的河床
集中了地球上所有休闲的阳光

陆游的行囊始终
绕不过唐琬
苏轼的行囊有千里婵娟
还有那片短松冈
陶潜收起行囊
分解成稀疏的时光

袁隆平的行囊
是 14 亿人的口粮
钟南山的行囊，行迹匆忙
是赖于知识的坚实脊梁

河流在风中开始纯净
花朵在风中练习飞翔
孩子们在风中收集露水
我在风中，度过内心节日彷徨
就这样，以一种方式过冬
洗浸我们所承受的寒冷

如在一个洁净的陶罐里
投下我们的承诺
丰腴的土地，厚实的天空
我们淌过的芬芳
切开岁月积淀的核
昭示着不朽的灵魂
一座县城，返老还童
刻下一个冬日的温暖

2020.11.7

世界把我丢在和平古镇

邵武有个镇，那是大地的子宫
受孕的云雨，古老得像个孩子
在心中翻腾的光荣与梦想
成为依然活着的诗句

走进和平古镇，穿越千年之约
踏上青石板路那一刻
仿佛穿越了千年的繁华
“禾坪”，取地势平坦和盛产稻谷之意

大小巷道都是中间铺青石板
两边铺河卵石，贯穿古镇南北的旧市街
被誉为“福建第一街”
街道随形就势形成“九曲十三弯”
宛如腾空欲飞的青龙

古民居既有中原古风，又具地方特色
堪称古民居的瑰宝
东门街两旁老房子挤挨，多为砖木结构
街面铺设石板，块块光滑
雨后更是光洁如镜，如诗如画

有诗写道：

“壁剪裁天地，地幽碧落奇。巷深苔藓盛，天小白云稀。”

每一条古巷都有一个名字
每个巷名都有一个由来
和平古镇文化积淀深厚
傩舞、三角戏、民间曲艺、节俗
婚俗以及游浆豆腐、织造腰机布等

岁月不紧不慢地流淌着
和平也静静地迎送着每个日落月出
聆听着熟悉又陌生的足音
注视着古镇发生的一切
日夜欣赏如歌如画的古镇
有进士之乡的美誉

和平古镇是中国历史文化名镇
是保存完好的古城堡村落
廖俊波同志 2015 年去东山学习谷文昌事迹
后发出的俊波之问
“先做人后为官”的案例诠释
也让我第一次领略了什么叫
“先生之风，山高水长”

和平古镇街道两侧纵横大小巷道
都是中间铺青石板，两边铺河卵石
贯穿古镇南北的旧市街
和平游浆豆腐的制作工艺堪称中国一绝

它是用老的豆浆作为酵母，发酵而成
不添加任何的石膏与卤水，是纯绿色食品

很久以前，我穿着碎花小袄
在浅色的刀刃上种植和平
后来，一部分活了并逐渐有了硬度
而我的碎花袄已小到不能再小了
我想，活下的部分
一定到我的诗行里来过

在我点亮纸灯的一刻
“我看见和平的手伸过来
种子只播在准确的时间里”
关于和平，我至今说不出它肉质的锋利
我只在表面摸到它绚烂与丰硕
就像巍巍昆仑，映现帘瞳
自一个巍峨的高峰
期盼的眼神像站在天空的星辰

昼夜寻求的脚印而放光
和平，和平的鸟养壮了翅膀
放飞在蔚蓝的天空
播撒幸福的种子

可否借我一条小船
在江南的小河里漂荡
我要看看那墙壁斑驳是否还残留着
白居易的江南墨香，风景旧曾谙

水滴下来，那该是苏小小的洗脚水
还是杜郎的泪，十年一觉扬州梦
那古巷昏迷，是否沉淀了李后主的惆怅
那古巷悠长，是否还会飘过一个愁怨姑娘
沉甸甸的石板路，静谧谧的水
老老的房子住过谁

斟满天上月光辉，欲心醉却先碎
何时相会，一夜相思泪
南方的农村，一个古老小镇
也许寒风吹过他的伤

来年春风的呼唤
又开始孕育新的梦想
也许，我们的人生也一样
历史在此轻轻静听夜过和平

山光难抵街商柔
一段消魂吆唪喝
若是和平能落款
定教邵武更风流
过往的目光横扫不出它的内心
风流与典雅
任风雨中老去也是新醉

2021.10.10

这片该属于我的海

——天下第一峭峰写意

烦躁了生活，我就会去看山
一望见陈峭，我却又会爱上人间
这里的山峰
冷峻的脸上写满不屑的神情

宋代艺术最突出的山水画成就
就是“外师造化，中得心源”
就像稻子是秋天的诗行
云彩是陈峭的魂灵

瞧见的是同一座峭峰
感受的是不俗的云朵
山风从人的脸颊穿过
刚猛热烈又温情如昨

仿佛嫦娥的霓裳飘逸在群山
恰似仙女酥胸把柔情剖开
鸳鸯谷的涛声，轰鸣着苍茫气度
爱恋湖的迷雾，缠绵着不屈情怀

漫步峰峦，灵犀容纳精彩

云横青山，飘逸让你青睐
山上的雾是温馨的云海
云来仙界佳，云去山精彩

山因云晦明，云共山高下
一幅硕大的写意做派
来到这里的，都是缘分
我想这片该属于我的海

脚下的波涛是一支永恒恋歌
山石让我收获一份坚定情怀
包容与宽恕，让我蒙恩
佛光净土，让我心萌慈爱

只要心灵发光，神会给你姻缘
每人渴望，远离尘世喧嚣
卧雪眠云，静听花谢花开
淡看云卷云舒，诗心无限感慨

王维“行到水穷处，坐看云起时”
是内心的潇洒
陈与义“卧看满天云不动，不知云与我俱东”
是难得的气概
秦观“纤云弄巧，飞星传恨，银汉迢迢暗度”
原来是因为两人相爱
王安石“不畏浮云遮望眼，只缘身在最高层”
是身居高处
心胸开阔，没有什么能阻挡一颗
豪放之心的澎湃

李白“长风破浪会有时，直挂云帆济沧海”
尽管前路障碍重重，但仍将会有一天
乘长风破万里浪，挂上云帆横渡沧海

冰心说：“愿你生命中有够多的云翳，来造成一个美丽的黄昏。”
登陈峭山巅，看滚滚云海
这里一石一木都在讲述无限光彩

神龟望月，观音坐莲，巨象争辉……
形神兼备云烟漫布的水墨画存在
听松涛鸟鸣，赏古村清韵
脚踏万丈之巅，身临千仞崖海

云朵里的云朵，星辰里的星辰
祖先们集结起山水的灵魂
这里石头云朵成为活着的诗句
陈峭的眼睛，一个伟人该有的姿态

走进你的灵魂，感受
揭竿而起的青翠欲滴的爱
造物主留下的是大手笔、大气概
这片该属于我的海

2021.10.30

明月寄怀思故乡

撕开苇叶制作的粽子
袒露大红枣儿的赤诚
大口喝一杯雄黄酒
让正气喷洒在朝堂

循绳墨而不颇
让奸小终日惶惶
《涉江》的《哀郢》难平《国殇》
《天问》的答案用《九歌》唱响

《山鬼》巡游在蒙昧的路上
滚滚汨罗江啊
你在千年流淌的喧嚣中
将蝇营狗苟的沉渣涤荡
汨罗江的哭泣已是千呼万唤
跨过怀王视野中的玉门

载你心中的不系之舟
汉界与楚河
心中的江，心中的河
五月石榴压群芳

千古屈原犹难忘
彩丝轻缠粽子香
龙舟飞舞动春江
屋檐年年挂菖蒲
清樽岁岁添雄黄
清风乱拂欲何往
明月寄怀思故乡

白水洋的水

白水洋、鸳鸯溪
万米广场天下奇
你爱不爱水，它都不由你
直接从空中倒向你
你爱与不爱，脚已经伸在它的肢窝里

你以为呢？你爱不爱，水都不等你——
几十公里、几百公里、几千公里
不远万里都是来瞧你、爱你、戏你、摸你
把你揽进怀里
真心真意喜欢你，追捧你

脚踝亲吻着河底
袜子里隐藏着你
思想和智慧躲在你的凉爽里
水的精灵就舞蹈于每人眼前
水甚至都不等它自己

你看小姑娘笔挺躺在你的床上
小屁孩在玩命打水枪
少妇丰韵，烈日下暴露无遗

小伙子胸肌上，水珠淋漓

水的世界，水的广场
水的舞厅，水的天堂
耄耋老人身穿泳装
徜徉在天然浴缸

肌肉秀得嘎嘎响
犹有春风吹动少年
勇者玩漂流，向更深处漫游
两岸青山不语
但只管千秋茂葱，青翠欲滴

八月秋风，细雨微澜
不知谁扯着嗓子喊
快快快，爽爽爽
无情的人，在白水汪洋中
也会陶醉
你闭一闭眼再睁开
大雪已没过你的膝

锦屏，我欠你一首诗歌

锦屏，像块偌大的翡翠
镶嵌在一座大山深处
又像一串小家碧玉
藏在深闺待人识

锦屏村对面南屏山
春夏繁花满径
深秋红叶欲滴
更似孔雀开屏
有着“小九寨沟”的美称

它是避暑胜地
这里曾经是
“八万打银工，三千买卖客”的繁荣之地
锦屏千手观音柳，一千余年的树龄
树高 50 多米，为全省最高的杉木
树枝与地面平行生长
犹如千手观音，乃树中珍奇

锦屏山秀，秀在水丽
小河鸣铮，清水呈碧

甘甜可口，水质清纯
如琼浆玉液，似常摇珠玉
山因水而活，水因山更丽
瀑布浅唱低吟，清澈壮怀逸兴

山有常青之树披锦
路多绽放之花相迷
木秀草香、银杏秋妆
山魂水韵、芳潭含翠

锦屏有十八景
“绿岛听松”“廊桥遗梦”
“茶楼旧迹”“大白茶王”
“天池龙井”“虎头飞瀑”等

说好了，我用诗歌，唱你的眉目
说好了，我在一阕宋词里为你瘦身
你在水一方痴痴地等我
说好了，我用唐诗平仄，细细地
轻轻地，入水三分地为你注韵
说好了，你用千手深情拥我入怀
诗歌在你柔掌里，微醉

在翡翠这种宣纸上写诗
前几句，用蜻蜓的笔法
轻描淡写
后几句，借用月光叙事
把情感渗透，深入

直到触摸到心智为止

春天，阳光明媚的日子
我们去树林里放声诵诗
张开拥抱苍穹的手臂
去拥抱一片山林
去亲一条小溪
看蝴蝶在胸怀展翅

接受叽喳争论的群鸟邀请
冬天，寂寞被南来的大雁带上碧霄
热血沸腾，激情四溢
挥洒花香的日子准备好吟诵的诗歌
空灵的王维，飘逸的李白
深沉的北岛，热情的海子

来吧，地球上的诗人们
在春天里，在阳光下，在山坳上放歌
歌唱爱情，歌唱生的创造、死的神秘
一切因我们的心灵
而充满诗意

来吧，朋友，和爱人一起
走出家门
到锦屏来看山、看水、看茶、看树
到山坳上瀑布下
以青帝的名义，神灵的名义
为生命而诵诗

岁月不曾停留，时间洗尽铅华
等繁华落尽、岁月更替
你永远是我心中那朵圣洁的白莲

我欠你一个拥抱
你用俯瞰大地的极目
装扮岁月的妖娆
我用一句渴望的语言
阅读心海的文字
情与挚的手臂挽心灵的奇妙

我欠你一个拥抱
你是我踏破万水千山遇到的净土
你是我心田里飘飞雪花的舞蹈
你的孔雀开屏
开在我心里，如莲摇曳

诗里有水在流动，水边有女子在吟诗
拎起一块玉
惊起水色
也惊起梵音中的我

注定你要成为我的经卷
就把你揣进怀里吧
在有月亮的夜晚
读你的澄澈和明净
读你的朦胧和美丽
你仿佛就是我的童年和初恋

那些美的、善的、真的
从不曾在人间缺席
我们缺少的只是发现
用眼睛你能发现远处的风景
用耳朵你能发现近处的迷离
用一颗勇敢的心
你能发现生活的真谛

既然我欠你一首诗歌
欠你一个拥抱
那就让我送你一个深吻
还你一片虔诚

熊山枫叶，红得发紫的待嫁姑娘

风给了深秋最后一吻
羞红了熊山这位大姑娘
情郎醉倒在含情的眸中
一眼的秀丽，点染山河气壮

用熊山的红，装扮你的婚房
铺满圣洁的礼堂
把熊山的红枫裁剪成婚纱
披盖你的娇容、铺就你的温床

如同盛大的演出，整齐划一
穿上传统的中国红套装
以压阵的气势出场
妖娆了祖国峻岭崇山

中国红是初心不变的颜色
融入相濡以沫的绿叶
把白云请进来作点缀
衬托这位红得发紫的待嫁姑娘

深秋在一串串火焰上完美谢幕

冬天在一片片枫红中闪耀登场
拥抱丹霞诗韵，怀揽一缕残阳
让哀怨与忧思淡忘在深情款款中

风，看不惯这一做法
用自己的能量不断削弱
鸟也过来帮忙
宫商角徵羽的故事频频登场

霜，轮番涂抹漂亮的脸蛋
雪干脆推迟，不忍盖住她的盛妆
一些歪瓜裂枣纷纷逃遁
货真价实的红，才笑到最后

2020.12.24

杨源与禾洋四平戏

几分暗哑，几声铿锵
弋阳腔在大山深处绝响
张八公被赐英节侯
倒插杉树活了，鲤鱼故事迷人

杨源四平戏演出《沉香破洞》
《白兔记》等传统剧目
现保留《荆钗记》《刘知远》《拜月记》
《杀狗记》及《琵琶记》等五大剧目

嘉庆初年，有一四平木偶戏班
从江西传到政和县的禾洋村
到光绪七年（1881）
该班四平戏由木偶戏发展为人戏四平班

从清道光到光绪年间，四平戏受到乱弹
皮黄声腔的影响
增加了《挡马》《游龙戏凤》《大补缸》《小补缸》等
剧目和“唱下江乱弹　唱皮黄倒板”等曲调

四平戏唱腔高调系统

古朴粗放，句末帮腔，一唱众和
后台有锣、鼓、钹、板鼓打击乐器
以鼓为主指挥，音律抑扬顿挫

真刀真枪道具也成途中
对付土匪强盗的武器
国家非物质文化遗产的四平戏
成为杨源乡一张亮丽名片

大红灯笼高高挂，宋兵齐心扫狼烟
“神舆绕境闹纷纷，锣鼓咚咚彻夜喧
第一恼人清梦处，大吹大擂四平昆”
英节戏台演出四百多年

杨源村与禾洋村庙会一样
演出四平戏三天三夜
世代沿袭传承至今
千年文化大山重重围住

四平戏的表演艺术古朴粗犷
优美自然，雅俗共赏，富有
生活气息与民间色彩
可谓：中国戏坛的一朵奇葩

2020.9.12

远方的客人请您留下来（组诗）

——政和很美，让我们一起品味

从佛子岩到洞宫山
每一处风光都无比旖旎
从锦屏到大岭
每一寸土地都风情万种
从石圳到念山
赏不尽辽阔千里的油菜花、紫薇花

黄花朵朵，彩图呈眼底
野岭层层，奇景醉心头
泰稔阁上明月悬，富足庄畔璀璨夜
国家湿地三 A 级风景区，梯田延伸向天齐

你穿越千古大梦，走入那宋朝关隶深处
从倒栽杉至四平戏，从英杰庙到铁坑殿
品不够东平楠木的千年古韵
赏不遍坂头花桥的文化神秘

花桥景致恢宏，有世间最精彩的壁画
花桥富丽堂皇，犹如凤冠霞帔的嫁娘
端坐在一川碧溪之上，临水照花

花桥的诵经是一种信仰
是开在偏僻乡野的一朵莲
如果可以
不如我们翻山越岭去看看政和风景

念山梯田

上天的一方宝剑
把大地劈成片片明镜
大如曲池，小似碎镜
流光溢彩，万种风情

深藏翠竹绿林中
如银带，似碧波
山风拂过，波光潋滟
陶醉了赏花游客
驻足了多少诗神

翡翠锦屏

似孔雀开屏
有着“小九寨沟”美称
它是避暑圣地
也曾是“八万打银工
三千买卖客”的繁荣之地

锦屏千手观音柳
一千余年的树龄
锦屏有十八景
如“虎头飞瀑”等
你在水一方痴痴地等我
说好了，用千手深情拥我入怀

福地杨源

这里鲤鱼慵懒悠闲
倒栽杉茂盛于凤山上
睥睨群山，手绘四平戏脸谱
一场民俗文化盛宴激情碰撞

杨源有“福建夏都”之美誉
这里是省级名胜洞宫山
是道教第二十七福地
——琅嬛福地

国家地质公园佛子岩

岁月又在狠狠地抽搐
要我用诗歌，涂抹她的风度
翻越一座座海豚似的狮峰

唐诗与宋词，在此生成礼物
诗经与离骚，千年飞舞

经卷的诵读声源于狮峰寺
足音深深，香火簇簇
蜻蜓快递红豆杉的名片，把光阴喊住
笔架山有一万个佛僧，在诵读
蛙岩，有儒释道的云岚飞舞

政和白茶

你从宋徽宗喜爱中走来
御赐年号是你的丰采
你向国际金砖大国奔去
档次是你的气概

你用毫心肥壮，提神各地儿女
你用光滑油润，证明白富美存在
一杯白毫银针，95℃开水冲下
品味人生跌宕百态
绿脉凝固天地灵气
内敛定格美好未来

政和，俊波精神发源地

芳兰生贵里，山河澄正气
“背着石头上山也要干”

帮助困难群众脱贫
对政和这片土地倾注了深情

你是一股暖人心的清波
如明月映照着，担当与责任

紫薇文化

在石圳，蓝天点缀着白云
灿烂的朱子牌匾下
与一朵紫薇对视良久，花的脸
一会儿粉红，一会儿雪白

那是内心的波澜
朝圣路上，我叩访朱子书院
文化许下的诺言，由白茶去实现
紫薇在石圳找到了，亮丽的青春

政和铁路

穿过一帘帘烟雨山川
守护一寸寸时光安然

衢宁铁路开通，政和
开始走向诗和远方

春花还是那样鲜美，秋月依旧如此迷人
政和的道路越走越快，越走越宽

闽道涅槃之旅，穿透星光
黄金海岸，镌刻辉煌篇章

远方的客人请您留下来

亲爱的朋友
石圳的紫薇正在开
铁山的果儿等你采
念山的稻谷迎风摆

品白茶，赏紫薇
寻朱子，学俊波
看四平戏，吃新娘茶

乘上稠岭天村清凉的风
醉享外屯荷花宴

喝一杯念山黄巢菊花茶
与大岭银杏叶留下倩影
吃稠岭天村土特产，逛中国白茶城
玩玻璃栈道，期待洞宫山红河谷开发

政和，美丽的地方
说好了，我用诗歌，唱你的眉目
说好了，我在一阕宋词里为你妩媚

远方的朋友，请您留下来
让我们用唐诗平仄
轻轻为政和注韵
在竹光艺影中
踏着《爱在政和》的旋律
一起唱响政和的光荣与梦想

建设新政和
构建新篇章
远方的客人
请您留下来
玩赏政和
品味政和

把故乡背在身上

我的故乡在福地杨源
那里有著名的洞宫山
也有锦绣花桥和倒栽杉

故乡很美也很沉
我要把故乡背在身上
把乡情带到远方

温馨在心怀激荡
倒栽杉的凤山
有朝阳映照脸庞

魏虞二真人炼丹
闽北红军会师洞宫山
朱熹赵迪留下墨宝
四平戏演绎千古绝唱

百年倒栽杉，从根部叠加成章
溪中的鱼儿，一幅丹青水墨画
英节庙，古色古香
四平戏从神壁画走来，晕了时光

踱步廊桥 ，眸里漾着洞宫湖幽蓝
古道赏柳，染上忧伤
花桥走桥，看见了信仰

洞宫湖粼粼波光
揽云霞于湖底瑰丽久长
禾坪仰头，革命老区
红色种子，代代相传

啊杨源，我的故乡
无论走到哪里
我都把你背在身上

啊杨源，我的故乡
即使天涯海角
你都徜徉在我身旁

把杨源背在身上
小康日子焕发幸福时光
柳絮婆娑的河湾
成群的锦鲤映衬
摆新娘茶的姑娘
四平戏的唱念
在梦里轻吟浅唱
英杰庙、铁坑殿
挑一帘月色故乡
商海拼搏的游子

豪情荡漾在黄埔江
操一口乡音，披一身暖阳
多情游子，缠绵故乡
沐浴时代阳光，洞宫红河谷
旖旎风光，最佳文旅和康养

啊杨源，我的故乡
无论走到海角天涯
我都把你背在身上

啊杨源，我的故乡
即使走遍千山万水
你都依偎在我身旁

把杨源穿在身上
典雅花桥，金碧辉煌
把杨源穿在身上
琅嬛福地，永绽华光

把心留在故乡，挂在洞宫湖上
让心与红河谷一起成长
把情带在身上，寄往南国北疆
让情和四平戏一起欢唱
把恋留在故乡，端置在花桥旁
让恋和粽子一起安放

把爱播撒异地，洒在黄河泰山
让爱与河山一起叠嶂

捧一把故乡的土，藏在身上
掬一瓢故乡的水，思念品尝

把杨源藏在心上
细细品味故土芬芳
思亲人时抿一口
幸福甜蜜润在心房

栖霞亭上玫瑰色的黄昏

塔山杜鹃丛中玫瑰色的黄昏
栖霞亭里卿卿我我的缱绻
那一年在天地间狂野
山岗上的风儿几度偷窥

我在你的春天里撒欢
风儿轻轻掀起你的长裙
你在我的时光里写下时序
我在你的妖娆里奔腾依偎

今年雨的故事被风一吹
吹黄了爱你的沉醉
你把鲜艳玫瑰扔下山崖
把五彩的爱情花园变成荒蔬

你很想把妩媚献给后生
窗帘外的春色心慌败退
为你失眠的每一天
眼泪在衣襟之下纷纷下坠
等待着一场大雪风干

灿烂一场久别的重逢
爱若在灿烂中死去
情便在灰烬中重开
你是我黎明到黑暗
无法释怀放弃的花蕊

炎夏，掬一缕清风驻心上

炎夏，掬一缕清风驻心上
红莲倾情绽放
白杨深情歌唱
花开花谢，一切自然地生长
叶绿叶黄，让一切美好珍藏
一群鸽子在天空刷屏
不一会儿被暴雨删除

风在草尖上跳舞
羊群把草吃光了
只留下孤独的风
蹿来蹿去像疯子
走出潇洒的模样
长出逍遥的形状
多些浪漫，少些感伤
一身诗意穿越春秋汉唐

2021.7.10

西瓜幻想曲

瓜子可以是雨滴，瓜瓤似乎是云彩
瓜皮则成为碧绿的外衣
瓜瓤像海绵一样，可以是一泡果汁
也许就是土壤的另外一种存在形式

红色的土壤，用勺子一挖就是一个洞穴
西瓜的梦想曾是成为一个篮球
直到有一天，西瓜看了一场篮球比赛
发现虽然篮球很优秀，但是每个都一样

而每一个西瓜都是独一无二的
有不同的颜色、花纹、口味
大西瓜它有一个梦想，想变成灯笼
为人类照亮
可是它的梦想没有实现
有一天一群鸟儿飞过，看见了大西瓜
把大西瓜吃剩了一半，梦想破碎了伤心

一个小男孩跑了过来
看见大西瓜在哭便问
“大西瓜你为什么在哭呀？”

大西瓜回答：
“我原本想变成灯笼为人类照亮
可是鸟儿把我吃了一半
现在我只好变成碗为人们服务。”
小男孩把大西瓜抱回了家
用汤匙把西瓜肉挖了
想把西瓜皮洗干净
可是手一滑
把西瓜皮摔成了四份，西瓜皮不能做碗了

这时走来了一群蚂蚁，蚂蚁们看见了西瓜皮
高兴地说：“这下我们有船了。”
西瓜船带着蚂蚁们游山玩水，它甜甜地笑了

2021.7.6

六月，每朵云都有不可告人的秘密

暴雨倾盆，荔枝溃烂
杨梅酿酒，豆角垂下
为那些雨中的紫燕茁壮
也为那只翠鸟折断的翅膀

太阳恐怕就要吻别山岗
海鸥们在寻找新的河床
而流水，在寻找的路上越来越远
每一块投影都是一场扩散的溃疡
只有丝瓜，悄悄地爬上了
隔壁阿姨墙桩

2021.6.17

六月的灵魂

抖落格林童话里的灰色
模仿小孩的鬼脸
走出安徒生无邪的思想
古老的端午，龙舟破浪

端一盅佳酿，感悟岁月
感恩着父亲的默默付出
风翻过了蔷薇做的篱笆
将岁月的暖香别在衣襟上

夏的酷暑进入体内，我们的疼痛被唤醒
鸟群鸣叫，花朵在山坡那边绽放
草地深绿，蚱蜢在光裸的石堆上
用蓄满欲望的腿，把日子震荡

赴一场时光之约，听一场岁月之雨
唱一曲归来未晚，歌一调湖海茫茫
看花枝堆锦绣，听鸟语弄笙簧
悠闲岁月，潇洒度时光

把六月放进了《诗经》《楚辞》

放进了典雅隽永，随着
一片童心的苏醒，风儿
依然会吹来陶醉的时光

我们用孩子的一双眼
走进六月
火一般炽热的阳光
穿刺灵魂

保持童心童趣童颜
生如夏花之绚烂
去玩，去闹，去爱，去恨
去吹泡泡，去蹉跎岁月
我们用孩子的期盼
圆一场故事的轮回

石榴坐拥在六月枝头

六月是一片幻想的蓝天
演绎一首首不悔的战歌
学子编织饱满的希望
六月有冰激凌和空调

或许还有爱情
愿你有深夜的酒，也有清晨的吻和粥
五月石榴花正好，六月小荷初绽
年年月月都有好风光

愿你把六月过成诗
丰盈而高尚
愿你我在乎的人
在新的六月，安然无恙

踏着雨水和盛夏
离开校园、扬帆起航
遇见的都是美好
看到的都是灿烂

五月的暖风已然吹过

六月的蝉鸣即将响起
石榴坐拥在六月枝头
有蜜蜂缠绵徘徊，蝴蝶深情相伴

树木葳蕤，诗行滚烫
生命万物，斗志昂扬
光沿着山河，踏过夏的前奏
邀万千岁月与你共赏

2021.5.30

构思一首写雪的命题诗

突然白起来的尘世
雾一般坐在秘密的梦里
雪一年一年地盛开
最黑的黑，铺上了最白的白

雪花轻轻落在你身上
在沉默中生长着新的春天
洁白无瑕的六角片宛如
一个个坠入人间的精灵

裙袂所到之处，雪原静若处子
雪峰冷峻而挺拔，玉树琼花怒放
灵魂痉挛般震颤
所有的沉默，都是怒放的火焰

渴望一场冬雪
落到枝头和彼此心尖
如果下雪可以冻住时间
我情愿不再遇到春天

干枯的日子

我在期待一场凌厉的冬雪
如甘霖倾泻而来
我构思一首写雪的命题诗
主题也许是雪中送炭
也许在编织雪的信仰
人的心灵不再颓废
就像等待久别的恋人

雪开出了纯洁的花
是幸福留给草木的婚纱
原谅冬天的寒冷
不可原谅冬天的荒芜

2021.12.8

一阕宋词在春风中妩媚

春姑娘用辫子，饱蘸墨水
把荒山染翠
燕尾划过心湖
写意尘封的晚唐
春雷，吵醒诗经的词汇
一阕宋词在春风中妩媚

故乡的水牛
驮着晚归的牧童，被夕阳
染红，遥指井底娇羞的桃花
花香浸泡的每一个文字
都是婀娜的李清照
晚春，怀抱琵琶
在枝条上弹唱的都是
即将出塞的王昭君

天空俯身用阳光亲吻
煮一壶月光，清洗词汇
穿上春风做的裙裤
看太阳是如何用热情
融化每个人心境的薄凉

我把信仰放在每一条河流
开成无数的云朵
拿一缕思想与天地交换

我不是那个亡国之君李煜
提着风花，不堪雕栏雪月
我不是李白，喝醉舞剑
迎来明月床前霜

看透了花的一切
感觉自己是一棵负罪的荆草
坐一片乱石之上
看一只鱼儿渴望飞翔
披上霞光
你似乎在人间流浪

良知是灵魂与肉体的语言
是天国之上呢喃的祷词
把《天问》里所有的词
都磨成针
缝补一个民族的缺憾

我们曾经在流星雨下
许下今生最美的诺言
我们的点点风帆
散落在宋朝岁月的河谷冲浪

本诗获《作家前线》《华文作家》等五刊举办的“全国才子杯”文学作品大赛一等奖。

十二月，雪流下幸福的眼泪

风更冷了，衣服加厚了
雪就要来了
内心要更加刚强
面对零下温度
去喝酒，润润心肠
菜最好热气腾腾地吃
座位空隙皆有冷气穿过

十二月不寒而栗
十二月盈门喜事多
国事家事天下事
事事关联
元旦快到了
春节还会远吗

亲戚朋友酒宴上相逢
晦涩日子鞭炮声中送走
河流枯瘦了
山峰严峻了
冰雕雾凇统治的世界
那是一个纯洁的世界
也是一个毅力的跋涉

寒冬已至，暖春不远
历经沧桑，终会见暖阳
那些努力后的灿烂
是冬日最暖的阳光
我喜欢春天的花，夏天的树
秋天的黄昏和冬天的阳光

再烫手的水还是会凉
再饱满的热情也会退散
再爱的人也许会离开
所以你要乖，要长大
不再张口就是来日方长
而要习惯人走茶凉

一天很短，来不及拥抱清晨
就已经手握黄昏
一年很短，来不及细品殷红窦绿
就要打点素裹秋霜
总是经过得太快，领悟得太晚
我们要学会珍惜

自然的每个角落都是诗
阳光就是那最美的诗篇
冬天的太阳，暖和地照着
多么慈祥，他把雪轻轻揽在怀里
雪，流下了幸福的眼泪

2021.12.1

我在寒冬落叶中等你

秋天结束了花期
大海落进我的掌心
每棵树燃起金色的火焰

一只只美丽的蝴蝶
你的头发是起伏的波涛
你的眼睛是秋水的湖泊
你的瞳孔是迷乱的长夜

时光悄悄编织幸福
夕阳把温暖斟进心窝
满地的黄叶，是温暖的婚毯
西风吹响簌簌声是庆祝人间的婚曲

雅致大地裸露深情的语言
旷远的河流敞开浩荡胸怀
在春天走散，在深秋重逢
我们拥抱的是互吻的落叶

每个日子磨成佛珠穿起爱
那是我散落红尘的情思

秋叶飞舞落满空山
上帝留给世间的经文

当爱落进废墟
发出彩虹的光芒
那是大自然在寒冬来不及
完成的婚礼

2021.11.28

和十一月并肩同行

天空像是宝石
风吹去脆弱的叶子
冰雪君临大地之前
诗歌无关宗旨
茕茕孑立的灵魂
今晚开始咆哮

这一次我像一个坏人
不是情人不必言深
谁熬得住五光十色的诱惑
谁能在金黄的锦绣中独善其身

秋虫呢喃唱着离歌
银杏撕心裂肺地挣脱缠绵
黄叶留恋母亲的温暖
秋雨怕凉喊你添衣

谁念西风独凉，萧萧黄叶闭窗
柴门闻犬吠，风雪夜归人
雪，白色的精灵
将成了我心中的情人

我是一座安静的孤岛
亦是一座喷发的火山
枯枝撑着落日
爱在雪地里写诗，边写边消散

错过四月的微凉
五月南风吹送
六月蝴蝶般颤动
七月欣闻茉莉花香
八月秋高风怒号
九月露似珍珠月似弓
十月美好已经美好
十一月冬霜不会迟到
十二月的灵魂又是什么颜色
等待熊山的枫叶燃烧来回答

城市的风光是在冬天
过了十二月又是春天
该来的都在路上
一切都是刚刚好
让秋风捎给远方
岁月静好的日子无恙
熬过无人问津之日
拥抱诗和远方
我已收藏三季的爱
等你鸿雁传情的春潮

2021.11.1

我听见了冬天的脚步

雪下与没下，都阻碍不了我的白
太阳累与不累，我都要睡了
北风起了，人心凉了
冰河冻了，蝉鸣停了

寒风的时间在树丫装卸生词
时间的冰雪在渡口往来哑语
天高昼暖夜来凉，草木萧疏梧落黄
昼享菊香播小麦，夜尝梨贝养脾肠

冬天在我的前方行走
我听见了冬天的脚步
所有的灿烂都以孤独偿还
我用一场大雪封住了退路

我用世间所有的路向后撤退
用恋人们所有缠绵把爱打开
我用虔诚贩卖月色和醉意
红尘只剩最后的一道记忆

雪花的芬芳一次次敲打我的无眠

面对即将到来的春天我一无所知
月亮回到东山，野鹤奔向闲云
果子回到树上，枫叶飞回枝头
我入你襟怀

我的日子在你的世界中穿过
我的双手举着赢利的时候
我感觉一无所获
我不能选择那最好的
是那最好的选择我
最后一世相遇，最后一世缘聚

是我在娑婆世界的最后一生
是我在红尘的最后一生
再来时，我必脚踏莲花
乘愿风而来，踏云而去
来时凡夫
回时必已超凡入圣

2021. 11. 16

我路过它们，秋天就是我的

——读闵之散文诗

人间没有故事
我哭过的世界
盛满金色的风
有趣和无趣
都是一场独自焚烧的悲歌

这世界总有一天
会把我们忘记
人间有的是不幸
我们有的是幸福
摘下多少云朵
就可以拂去多少灰尘

红色的忧伤
盛着那年的月亮
一饮而尽，直抵荒凉
我歌唱岁月山河
也歌唱故乡花朵

你遇见我时

我遇见你很久了
寻你是今生唯一的朝圣
把诗篇焚尽
我睡着了
这世界就全是你的

2021.10.13

秋叶·雁唳·赏菊·品蟹

初秋叶子，极尽绚烂
深情跳起生命的舞蹈
雁唳长空，伴着萧风
留下几声缥缈的鸣叫

落海晚霞，酡红如醉
暮色浸染，演绎凄美
赏菊吃蟹，菊香蟹鲜

想起宝钗的
“酒未敌腥还用菊，性防积冷定须姜。”
想起黛玉的
“对兹佳品酬佳节，桂拂清风菊带霜。”
想起宝玉的
“饕餮王孙应有酒，横行公子竟无肠。”

心有诗意，镌刻浪漫
百物丰，百果硕
秋天悄悄溜进城
绿叶把初恋献给大树
如果说夏天是西瓜做的一个梦
那么秋天是无数俊男的梦中情人

花朵们精心策划一场盛开

——欣赏李南的诗句

爱过的人，变成了认识的人
冬雪摇身一变成了纷纷春雨
把永嘉太守谢灵运游历的山水
重新抚摸一遍
空谷的回音正在一路奔跑
下弦月在夜空中微微发黄

没有亲吻过的嘴唇
怎能说出甜蜜的话语
没有稀世普氏羚羊的草原
不能叫作草原
没有在西川仰望过的星空
很难唤醒我们心底的野性

这是一位错过花期的盲姑娘
幸福的婚礼遥遥无期
而这曲《梦中的婚礼》
注定只能在梦中实现
无人打扰的村子
不知是爱上了空间，还是忘掉了时间

让雪成为生命的一部分

每一寸肌肤都笼罩旷世美感
每一丝晶莹都演绎冬的经典
一身洁白可创作传世画面
吟在风中的歌，在梦里滑落

不管你来与不来
我都会在这里痴心等你
即使冻成雪人，即使变成冰雕
我们也要返回天真童年

心灵的残忍扼杀梦的歌谣
放下已经走远的人
雪是死去的雨，谛造真的内在
无缘的伊人终要释怀
她绚烂了一个季节
编织梦的羽翼，终极人世关怀

雪悄悄地洗涤人间
爱一回，痛一回
贴近她柔波似的心胸
找回初心，重塑灵魂

中秋节我怕

我怕月亮一圆就成天意，酒杯太满溢出麻烦
我怕上弦生成下弦，少妇成了徐娘
上半夜酒宴热闹，下半夜露重风凉
月饼无人问津，诗歌也成庸常
穿过黑暗苍穹，嗅到桂花冷香
吴刚老酒将思念化作婵娟泪流淌

我怕嫦娥探月，已不是神话
青天揽明月，不是天方夜谭
月饼，早已品不出童年的味道
霜染鬓发已忘却了秋的寒凉

生活玉润珠圆，好运源源不断
又是秋深落叶黄，一层秋雨又见凉
悠悠晚风，飞雪寒霜
独忆小巷，隐匿了浪漫

城里的月光，孤独也惊慌
河岸上的月亮，照着人惆怅
亲友多分散，归期几变更
何时瘟疫灭，笑踏返故乡

春天将要过去，我的爱情并没有盛开

如果不能把明月揽入怀中
那么就让清风住进梦里
白云里会掉下黄金
黑夜捡到闪光宝石

坐于莲上，为你讲解世间万相
五月春风似烈酒，百花不胜枝头落
在风中摇摆的丁香花
就可以打开心中的太阳

我想睡进一壶酒里，度过余生
春天将要过去，我的爱情并没有盛开
你送我一叶，我触若森林
时间是一坛难以梦醒的酒

不是每一场雪，都能让人立地成佛
身披日落黄昏，心嗅失落晨曦
我们站在陌生的渡口等一场风
把我们吹落到再也不会相见的天涯

2021.5.20

每一片雪花都是最美的韵脚

一如所有的眷恋
刻上了明媚灿烂
小溪流水依旧潺潺模样
轻声细语，恍如
隔世时光之弦

长辈谆谆叮嘱
老掉牙的事儿
多么亲切啊
总想让游子更心安
命运曾经把游子抛向远方
又伸出温暖怀抱迎接归来
满目欢喜落在车水马龙
在喜悦中生出花枝
向鸟问云，向云问雨
星光亮过月光，清风抚过树梢
鱼儿跃出水面，皆是怀念

我们都是风雪夜中的赶路人
因相遇摩擦
融化了彼此肩头的雪花

握手西风泪不干，年来多在别离间
遥知独听灯前雨，转忆同看雪后山
红尘万丈，不抵一场白
回家的号角声声
故乡的泥土芬芳
春节的鞭炮鸣响
故乡亲切地呼唤
呼唤着游子归来的脚步

风尘仆仆的行囊，笔落进文字的诗笺
如一片晶莹的雪，绽放于心灵
渲染着我们的温文尔雅
福猪辞旧岁，金鼠迎春来

一路上醉人风景，来不及流连
一路上花香鸟语，来不及欣赏
一路上柔情蜜意，来不及缠绵
把一切无法遗忘的交给时间去淡忘
把一切不能卸下的交给风儿去抚慰
腊月的味道，永远是乡愁的味道
每一片雪花，都是世间最美的韵脚

二月春风似剪刀

风，偷走了季节的温度
雨，窃走了花儿的精彩
太深蓝的湖，容易变为妖姬
解读春，慵懒最为重要

那杯清茶俘虏了睡意
乘着淡淡的茶香
偷窥摘茶的姑娘
婀娜的身姿把梦惊扰

今夜的月光格外撩人
激起沉沦千年的梦幻
六月的百合花让我活着
五月，谁家新燕梁上做巢
四月东风不来
三月柳絮不飞
二月，你就消隐在星里露里
还有醉花阴的李清照

岁月在流金
些许惊喜

悄然无声
满怀着太多的迁徙
从远方回到故乡
二月接踵着
春节、元宵节
立春与雨水送走枯枝败叶
迎来盛满团聚的酒杯
那些走向春天的野菊花
叶子凋零在另外的季节
一朵朵倔强屹立在春天
犹如初恋的狐狸精
仓促千年的约定

痴情溪头的荠菜花
宋朝大词人辛弃疾
悄悄把春收藏
从此，春就和草根结缘
永恒地美在千古名句里
诗和词都是牢笼
只好戴上镣铐

节庆的喜气独上眉梢
朦胧的春色爬上山坳
春姑娘向我招手，一抹抹淡绿
犹如神来之笔，撩拨花少
枝头尽显俊俏
娇莺浅唱曼妙

愉悦品出春天味道
星星在倾诉樱桃
我梳理冬日的伤感
给岁月的邮筒打包
寄给昨天与未来的妖娆
早春二月不安分的芳华
要记得花儿有约
经历酸性过度的雨水
洗涤自己，独自风骚

你坐在天亮的左边
比二月高出一头
吃下三十几个春天
写了一百首诗：
不知细叶谁裁出
二月春风似剪刀

一街去叫卖秋色

人生是盘棋，生活是场戏
时光，是一条或深或浅的溪
光阴的码头，我们都来去匆匆
时间太瘦，来不及回头
思念很浅，越不过秋冬

但愿有隐士之风骨
惊涛骇浪之后，依然娴静如水
卧着闻花香，躺着看星光
一颗深秋之爱，灵魂磊落

世界很大，生命很短
高扬生命的风帆，划开岁月的桨
诗歌的血液，在指尖静静流淌
牧童骑黄牛，歌声振林樾

一宿秋风未觉凉，数声宫漏日犹长
林泉无计消残暑，虚向华池费稻粱
秋是名人、性、金钱、死亡和
时间的帝国

荡一笔山河、红叶、白蝉
时光老人在村口又涂又抹
摇动了萧索，百转千回可有我
思念的叶，总在异乡落

2021.8.7

雪的哲学

蝴蝶般的雪花飞舞着
躁动开始安静下来
地面，树木，房屋都成了白色
撑把紫色的伞，手牵手去踏雪寻景

凉凉的白白的精灵
落在我的肩上，钻入她的围脖
相拥如饮一杯烈酒，慢慢的
各自仿佛开成了红花一朵

白天不懂夜的黑
琴诗酒伴雪花纷
爱他明月好，憔悴也相关
西风多少恨，吹不散眉弯
片片飞琼株带玉
且以情深共白头

世界让雪变得高贵
绚丽之极终归平淡
原谅冬天的寒冷
不可原谅冬天的荒芜

等待一场冬雪，编织童话
活在一个没有梦想的时代
诗被段子和视频取代

远方很远
几乎没有诗和远方
追逐金钱、疯狂无奈
纸醉金迷再无澎湃

我很渴望一场冬雪
落到枝头和彼此心尖
妖娆的生命，热忱的絮
使泛黄岁月淡雅脱俗
她身上有朱砂梅的清香
凭借身轻，沾住了她的衣襟
贴近她柔波似的心胸——
消融，融入了她柔波似的心胸

那是来自穹宇的精灵
让孤独的旅人听到了圣音
那是冬季里最美的花朵
像轻盈的玉蝴蝶闪着晶莹

银子装饰的世界
耳畔吟唱，遥远天际的琴音
时光的年轮无声流转
冬在苍茫中又深一点
命运是一个高超艺术家

最好的总会在不经意时出现

如果下雪可以冻住时间
我情愿不再遇到春天
干枯的日子
我在期待一场凌厉的冬雪
如甘霖倾泻而来
人的心灵不再颓废
就像等待久别的恋人
共同编织雪的信仰、雪的童话

无雪的冬天，故乡和我都很孤独

雪花误挂枝头，时光老人
将枯萎春天敬献花朵
青春褶皱里
鸿雁衔回嘱托

命运的交响曲
用不朽替代蹉跎
湖水轻泛涟漪
彼岸便成诗魔
我是诗经中的魂灵
我是康河柔波里的水草
物欲横流
青蛇修行情操
哪怕你貌若潘安
我都无动于衷

一场离别将星星
点缀夜色的伤口
胭脂映雪
思念堆积成愁

我恣意点燃
那根自焚的烟，思索
为何天空总会落寞
为什么黑狗选择死亡之所
夜晚那么黑，月亮
总能照到我
蘑菇与木耳两个干货
竟然可以共浴盆澡

想变成动物的在纸上画鲸
不知如何变得于梦中妖娆
江湖不是湖
灵魂注定是孤独
我们曾经糊涂装明白
现在明白装糊涂
我们从无中来，活着就会漏洞百出
不把水冻僵，冰就永无出路

无雪的冬天
故乡和我都会孤独
你也是，他们也是
无，是一切的始祖

春天已在我梦的小径上种诗
大雪，丰盛了冬
我缱绻在如诗的扉页
天使袭一件洁白嫁衣
兑现久远的誓言

苍生都在这温床下
呼唤风花雪月
踩踏即将跳出的春天

阡陌人生，身似孤鸿
心若浮萍，飞越关山
时光悠然，华年似水
青山依旧，碧水依然
越过苍山，穿过雾霭
时光煮雨，岁月缝花
折一支心荷为笔
驶进心灵伊甸园

我携素笔在这雪的世界取暖
用初心描摹你雪莲般的面容
春天已在我梦的小径种诗
夏天我在骄阳中开卷
秋天扉页中收获果子
冬天已被童话故事哄睡

带一颗清澈的心去拥抱十月

告别饱满丰硕的九月
揣着暖阳，去拥抱金黄的十月
让心灵更清澈
让深秋酝酿灵魂底色

镌刻四季的文字
倾听风吟之诗语
遇见花开，一脸灿烂
遇见落叶，一场告白

岁月老去，找回自己
气质心香，俨然雅客
红尘喧嚣，内心滴露
溶解着我的血液

旧朝逊位换青天
手把红旗只等闲
书剑封尘梦里功
霜鬓皓首镜中头

十月，我将是田中一根稻草

承载的风雨，来年就承一条
丰沛之河，走出千山的驼峰
驮着我的祖先和人民
一瓣心香，一丝柔雨
仿佛透明熏绿文字底色

去半亩方塘打捞不朽
谁说春风只有十里
花落、叶后、笔落
过不多久
冰冷的雪花就会飘进梦里
让暖风带去心底那片思念

2020. 9. 12

五月的下集，在紫色的花海里沉迷

五月，是刚诞生的夏天
是温暖，是热恋
换上漂亮的裙子
奔向心爱的人吧

你的五月好运正在派件
携一缕浅夏的芬芳
凝一脂冰清玉洁的清梦

连同五月特有的浓郁
随风越过枝头
悄悄洒遍人间

以夏天的名义穿上短裙，也替月亮
夺走你的心事
四月的遗憾，都是
五月惊喜的铺垫

五月，石头是温暖的，花朵是安详的
受潮的薰衣草探出了洁白的根须
斜依江岸的古柳比流水更多情

送星星，送月亮都太俗气了
那么就送你顺心顺意的五月吧
晨起天气晴朗，晚归灯火未熄

愿这个五月，还清所有运气赤字
悠然地坐在暮春的肩头
让阳光洒进心扉，给灵魂一份安宁

抓一把五月的风，就像抓住最后的春天
再将它装进口袋，也装进心里
水面清圆——风荷举

把五月念得够轻够美
它能活过来
变出一只布谷鸟
捧出一颗赤诚的心
石榴花与朱顶红争先表白

其实不需要表白
就像凌霄花和向日葵
永远与炽热的骄阳同在

我有从春天开始的日子
花开时无声
我有一个下午的寂静在枝头

整个五月都被花开满了

假如它脱口喊出我的小名，我愿意
是它在荒凉中出没的相拥而泣的亲人

你的犹豫是一把弓箭
把我钉在月亮中央
人间五月，风暖花香等你来

让我们一起在诗词中
领略五月的梦幻
五月的下集
在紫色的花海里沉迷
从黎明到黄昏
阳光明媚
胜过一切的诗

2021.5.1

秋的绝唱

大自然是位神奇画师
时不时打翻它的调色板
夏夜精灵正在集体约定
明年合唱的开幕词

新燕在旧籍中呢喃
白头翁在杂树丛鸣叫
草尖上传来哀婉乐音
虫界举行最后聚会

忧郁的风信子
不断扩张庄园的势力
芍药的落红
像温暖的祖母们陌生

田野坵地喜染花衣裳
饱满的稻谷在穗条上起舞
熟透的丰收妩媚在田园秋色中
阳光轻柔地问候，洒落遍地金黄

秋天焚尽清风，像心灵的仆从

我的诗句短暂停顿
死去的鸟在天空飞翔
逝世的亲人在纸间说话

微风抚慰似的亲吻大地
思想和灵魂在凉爽里行走
落满灰尘的骨殖在逆生长
瓜熟蒂落的分娩就在眼前

2021.8.8

致敬亲情

父亲也写一首诗

天空、大地、河流是他的意境
萝卜、土豆、养猪、放牛是他的意象
抽烟、锄草、施肥、割稻、劈柴
是他诗的节奏

一畦地瓜藤、几只麻雀、一锅泥鳅
就是他的语言
他的句子简单，不需修辞
他的对仗不够工整，比如劈柴

遇到平仄，就纷纷开出春天秧苗
他脸上的笑容
被太阳照着，天空打开了它所有的蓝

那些年轻时弯曲的日子
挑一担盐从马岭、牛岭翻过
直到生活的疼痛成为遗迹

我读着他，像读着一块田野
生活是你骄傲的大学
春把所有的雨都注入枯枝

依然无法把青翠唤醒

鸟儿将泪水藏在一朵云里不落

父亲原来是本书，近在咫尺却不见

田埂是您最短的一首叙事诗

墓碑已经成为最后的抒情

2021.6.20

父亲节不写诗

父亲节到了，不想写诗
沉默寡言的父亲
像一位诗人，饱经沧桑地写下
人世间的酸甜苦辣，大自然
风风雨雨都被他用辛劳写下成诗

父亲是一座沉默的山，深重而伟岸
父亲是一条路，粗犷而淳朴
父亲是一本无字的书，一幅农耕的图
世界最深的不是沟壑，而是父亲的皱纹
最暖的不是阳光，而是父亲的粗糙大手

父亲你在那边种的茄子仍旧紫红吗
辣椒依旧铁青吗
还在抽一口廉价纸烟吗
还在种梨、种桃，分给邻居解渴吗
还在种魔芋和土人参吗
还在坐在别人家火炉旁
谈笑风生
为他人
解决疑难家事吗

忘不了你给我送米

走过羊肠小道，翻越无数山岭
到达一中时已是大汗淋漓

忘不了您去南日岛探亲
(大哥守卫海岛十四年)
带回战友们送的龙眼罐头
全家人品尝
每人吃两个的情景

忘不了您和母亲
去很远的林场做饭
每天去很陡的山外砍毛竹
您和二哥都肩扛 20 根
我只扛 10 根呀

六月，我想到绿叶对根的感恩
江河诉不完我对父亲的思念
村边的柳杉表达不完我对父亲的怀想
有一棵老树，永远站在你的身后
为你遮风挡雨，让你健康成长
这棵老树就是父亲
唯有春光可以繁衍慈悲
唯有父爱给我滋养善念
今年父亲节不写诗，只对您片断记忆

这些年写下的诗和爱过的人

在武夷东站默默等待
随时向曲阜出发，满脑子装着三孔
小憩室也读余光中的诗
以及这些年写过的诗与爱过的人

有一些
犹如身体里的结石与她和平相处
有一些
如鸡尾酒里的一块冰，拒绝融化
此岸的我，犹如神秘的河
一点点伸过来，必须渡过
圣人有时也如情人一样美，一样可怜
让我选有雀斑的那一个

迷人全在那么一点点
为妩媚添上神秘
我把疑惑留给这个烟火人间
把手伸向朝阳的笑脸
和孔府发黄的宗祠匾牌
历史的戏，日月的酒，思想的场景
我的心是七层塔檐上悬挂的风铃
叮当此起彼落，敲叩着一个人的名字

原来，爱情是一本本厚厚的诗集

揉碎昨夜遗留下来的梦境
用金银花藤装饰你的日记
一朵一朵的芬芳把我的脚印点燃
把所有的沧桑踩成粉末，让春风吹走

用金银花藤穿起一阵阵春风
连成一页页婚房打开的青山
突然想写一首诗
大概是对一个少女的思念

你留下来的一根头发
是我唯一能拨弄的琴弦
原来，爱情是一本本厚厚的诗集
堆在书柜的底层，不让我们
轻易找到唯美的意境

2021.5.29

但你一定要醒来，看看我为你写的诗句

清明是枚特种邮票
能让生死亘古对话
清明是无数归魂随风飘起时
飞天的鸟翅也载不起凝重相思

背上行囊，就是过客
放下包袱，就找到了故乡
满坡的野草，牵肠一样疯长
墓碑站着，露出嶙峋骨骼

用眼里的水，种出白云
祭词走过的道路上，生与死都已变老
生命来来往往，却并不方长
把握当下，才是对逝者最大的祭奠
愿离去的人安息，愿生者节哀保重
斟一杯薄酒敬故人，书一阕思念敬远方

清明节，我们去祭念祖先
那是在连根养命、追思慎远
一滴泪，是世上最深的海
一份情，是灵魂最痛的针

青烟缕缕，飘荡着对祖先的悼念
清酒一杯，盛满了对亲人的思念
飘落的花瓣铺满哀思的长河
但你一定要醒来，看我为你写的诗句
还未到终章
你给后代留下一颗炽热的火种

祭奠，不看虚构天空只续人间香火
把死还给生，我们的世界岁月静好
妈妈，您一生没见过金银
您一辈子没花过大钞，今天我给您带来了
爸爸，您一生都在抽土烟
名牌香烟，今天我给您带来了
思念的线，凝成一朵花永远不枯萎
思念好似一杯浓醇的酒，在心底泛滥

有一种伤感，叫别离
有一种思念，叫清明
时间终于让我明白
我的祖先有着恢宏的大美
只是作为故乡的叛逃者
我不配献上我廉价的爱与赞美

害怕离别死亡，不如用爱去温暖它
或许这就是清明节最美的意义
燃一炷香捎去对逝去亲人的思念
故去的人，化成了满天的星星

2021.4.4

我想裁一片彩云，给你做块手帕

但丁说：
最美丽的声音是母亲的呼唤
纪伯伦说：
最甜美的字眼，就是母亲
母亲其实是一种岁月
从明月流向冰山的岁月

山，没有母亲的爱高
海，没有母亲的爱深
太阳，没有母爱温暖
云朵，没有母爱洁白

母亲，人生第一亲
谁把怀想拉长成白云
我的生命抽着嫩叶，开着心花
我的憧憬绘着蓝图，描着美画

花朵，没有母亲的爱灿烂
随着生命的脚步
当我们也以一角尾纹
一缕白发在感受母亲额头的皱纹

母亲满头白发的时候
我们竟难分辨
老了的，究竟是我们的母亲
还是我们的岁月

当我青春韶华，母亲却青丝添白发
当我立业成家，妈妈却沧桑爬脸颊
我想撷一道彩虹，给你做个发夹
我想裁一片彩云，给你做块手帕
您的情，我一生难补偿
您的爱，我一世难报答

2021.4.26

我的胸腔，已被诗歌的火焰点燃（组诗）

一

久远的风会吹绿沉睡的诗
我抚摸石榴内部丰沛的果实
就是在抚摸我新鲜的祖国
多汁的秋天是临盆的孕妇

女娲是我补天的祖母
《离骚》是我爱国的祖父
黑铁的齿轮是我祖国的性格

拂晓时分摸到真理之门
上吊的核桃树，让绳索飞
夜来香，摇落一地残红
亲人坟头，野花盛放

黄土垅上
庄稼在摇曳生长
一颗过度空虚的心灵
留下了诗

二

这条河岸我虚掷的黑夜
野蔷薇曾点缀的岁月堤岸
飞鸟衔来如歌的童年
卸掉阳光下刺眼的虚荣

预谋一场风花雪月
阳光灼热得明媚
九月的简净
叩击灵魂的弦月

羊群在坡上，漫无目的地游魂
燕子不再歌唱
嘴里含着飞虫的尸首

飘逸的文字在陌上咏唱
给孤寂的灵魂以甘霖

三

在光环里承载上苍赋予的福音
一路向前
让无穷的灵感和激情
寻觅到真韵

把我们高贵的头抬起
向着自由的空气，无尽地呐喊
向着灿烂的光明，不停地吟诵
我的胸腔，已被诗歌的火焰点燃

爱被捂住了嘴巴
爱最后窒息在爱里
如果我写一封信寄去
那信就会带着雨的味道

生育后的苹果树死了
被抽象了的我
植入你的胸膛
不像一只信鸽的脚环
阕词的芳心洞开
枝头坐拥黎明的盈透

过　年

年是大雪纷飞北风呼啸
游子回家的集结号
年是挡不住急盼团圆
那双兴奋的大脚
年是屋檐下那串火红的辣椒
是孝敬父母的棉袄
也是洗去身上的尘垢
投入爱人的怀抱

当思念双翼，收拢归巢
亲情总恨路远山高
望眼欲穿
无心观赏白云碧霄
恍惚间
又见乡村炊烟袅袅
回归的鸿雁坐错了航班
梅花开早了花苞
轻推家门，喊声爸妈
幸福溢满通宵
一家人围坐炕头
品尝年夜饭味道
年糕解馋，爹娘皱纹

炉火正旺烧

唤着儿时乳名
伙伴依然俊俏
舞龙舞狮
酸菜还有鲈鱼红烧
一台春晚饕餮大餐
水饺在汤中舞蹈
一只烤全羊竟把除夕
推上高潮

孩子，糖葫芦
没完没了
再大的冰雪
也能挨家挨户去
拿压岁钱与放鞭炮
除夕到正月十五
每一个日子都是一枚
迷人的风骚
每一个村庄都有一个
嫁不出的美人愁

年其实是孩子手里的棒棒糖
左边是甜，右边是妙
年更像一块红烧肉
最容易囫囵吞枣
一场雪刚走
只留下李白笔下的“长江天际流”
和范仲淹的《渔家傲》

父母不在，人生归处在何方

为了荣归故里
历尽背井离乡
一节节车厢
承载着归家念想
给儿子买玩具
给爹娘购衣裳

岁月辗转成歌
光阴已然从指尖划伤
把星星睡圆月亮
梦里尽是甜香
父母在，人生尚有归处
父母去，人生只剩悲怆

回家，简单的两个字
永远是最令人向往
不管路有多远，归途几多险滩
归心似箭把家还
一次次的离家
都是为了最后的回家
从青春走到白发

回家，绝不是那么简单

有钱没钱
都会回家过年
把妈妈炒的小菜逐一品尝
来年再扬起拼搏的风帆
眼巴巴地瞅着村口
等着她打拼在外的儿女
能够回家
一起吃个团圆饭
两鬓斑白的父母双亲
脚步蹒跚
天冷不喊冷，如果你愿意
就用蜡梅的火焰取暖

天空很任性
雪纷纷落一房
乡亲们的笑声
都回荡在香气袅袅的火锅旁
父母在，不远游，游必有方
父母不在，人生走向何方
“乡书何处达？归雁洛阳边。”
“行人无限秋风思，隔水青山似故乡。”
“人言落日是天涯，望极天涯不见家。”
“两处春光同日尽，居人思客客思家。”

回家过年，过的是一种乡情和乡愁

像南国枝头绽放的蜡梅
像着意打扮的新娘已上花轿
春节的相聚已敲醒了人们的希望
回家寻找那份熟悉而又陌生的味道
岁月是一把锋利的刀
把远方的游子们屠宰得遍体鳞伤

在郊外，我爱上了鸟的声音
在鸟的争鸣中我推开了春天大潮
春天的诗已被春节写满
我的献诗是春天的草叶和花冠
泥土下，我听到蚯蚓爬动的声音
用柔软的头颅撞开泥土关闭的大门

春节的味道是期盼的味道
是看着回家的车票
久不归家，父母鬓间白发
怎的又添了几根
家里的老小身体
可还都康健安好
一家人围坐在桌旁

包着自家味道的水饺

如今这盛世之年
春节全没了新鲜
春晚吊不起潮人的胃口
新房豪华无尘可扫
微信头条表达了拜年的心愿
烟花礼炮打着急促的鼓点

女人的手无须在水里浸得通红
鸡鸭鱼肉在市场寻找
愿新的一年，社会和谐稳定
更愿物价下跌，房价下调
城乡居民收入多多
愿神州大地山欢水笑
世上万事哪能都如意
只愿家人各自安好

怀念那正在逝去的年味

鹰，在风中翻动它的书页
春节脚步连同鞭炮都沙沙作响
屋漏的日子渗进阳光
浆洗的日子散发喷喷米香
蝴蝶变成了一枚枚落叶
青草染成了一丛丛枯黄
梨花化作了漫天飞雪
眼眸染白了一座座山岗

我只要一双四十码的鞋
踩过窄长的故乡小巷
我只要一个不太丑的媳妇
或者草地上走的牛羊
奶水刚好喂饱待哺的儿女
发出吭哧吭哧的声响
奶奶的小脚
从我梦中走过
祖母把梦想、失望、恩爱
一起打包熬成一锅吉祥

年味是豆谷粟米相聚一起

在那秘密约会的沸水滚烫
年味，是正月十五上元夜
那焰火的璀璨
年味是氤氲了中华民族
几千年的元宵汤圆的馨香
年味，是十里八乡漏粉条的紧张
年味，是火车推着岁月，拉着乡愁
朝着生我养我的地方
千里飞驰，候鸟归巢，游子返乡

中华民族亘古不变的文化
煮酒打豆腐
印着花儿的糯米糍粑
烟熏火燎的腊肉和猪血丸子
和着乡音，来年，我们又出发
所有的等待都有惊喜
所有的窗口都有祝福荡漾
除夕，灯光将汇成一条闪光的河流
我将新年的快乐折成小船

走向金煌煌的原野，岁月静好

一朵朵枯黄的落叶
如一只只婆娑的蝴蝶
在衣襟间款款滑落

昨夜寒露已浓
今朝落花成冢
不必荷锄种残花
但挥银镰收金秋
渥然丹者为槁木
黟然黑者为星星

银棉金稻千重秀
丹桂黄菊万里香
秋风起兮白云飞
草木黄落兮雁南归
兰有秀兮菊有芳
怀佳人兮不能忘

萧萧梧叶送寒声
江上秋风动客情
秋风生渭水

落叶满长安
一行书信千行泪
寒到君边衣到无

洛阳城里见秋风
欲作家书意万重
欢乐极兮哀情多
少壮几时奈老何
莫负东篱菊蕊黄
凭高纵目醉为乡

2020.9.22

草把每寸绿都举过头给我看

生就五短身材
又欠帅哥美貌
草微言轻，奔走徒劳

干瘪的身躯，没有勇气仰望大笑
她哭了，你是勇敢的小草
烽火台上狼烟四起你激情燃烧

只需一口新鲜的空气，一群干净的同伴
走向从未经历的下一秒
跑不掉被镰刀收割的命运

宁愿被羊吃，被牛啃，被兔吃掉
柔韧是你的力量
坚强是你的心脏

我们也是一些草——
来自另一个空间的渺小
总有不经意间被践踏的瞬间

以及那些来不及谦卑的终老

满地生，催人老
金殿玉砌，荒城占道

青青千里遥，怅怅三春早
每逢南北离别，乍逐东西倾倒
一身本是山中人，聊与王孙慰怀抱

春季携带家小破土而出
舔着露珠，抱紧一弯月亮
编织梦乡里的童谣

心灵孤独，愿净化一只小蜜蜂
天天为你唱着那喜悦的歌谣
愿把我编织成皇冠
戴在馨香的发梢

千山万水就当是伏笔

那一世，我在河之畔
等你前来赴约，你身着素衣
轻灵婉约，无比温馨
嘴唇上飞出心底的蜜语
落在彼此的心房，斑斓了似水流年

菩提树下，书一卷往昔
再等一世尘缘，只为再看你一眼
没送出去的这枝玫瑰
我自己细细修剪，我能做的
也就这么多

我把自己的诗也撤了下来
相思在夜色中奔跑
你从忧郁的天空掰下一片月光
思念的青藤从心底悄然滑落
千山万水就当是伏笔

重阳节的思念

——献给侄儿薛广增

岁岁重阳，今又重阳
蚱蜢欢，蛐蛐藏
独领风骚战江南
叔侄两地，遥祝安康

不是春光，胜似春光
寥廓江天万里霜
叶子渐渐覆盖旧事
独与天地精神来往

喝一杯菊花酒
亲情天长地久
闻一下茱萸
幸福年年有余

红叶捎思念
深巷藏果香
不为登高，只觉魂销
家乡无挂碍，江湖不忧伤

东篱把酒，暗香盈袖
新雁传佳音，商海成绩著
木叶萧萧，乡路迢迢
酩酊酬佳节，登临诗朝晖

九九相叠，思念重重
登高远望，采菊共君醉
一种思念，两处情怀
故乡入梦来

2020.10.24

我要光着身子写一首诗

一滴酒里居住着诗人的故乡
楚山苍莽鹧鸪哀，鹤声呜咽掀沧浪
两千年的龙舟前赴后继
两千年的粽子穿在一起
犹如一串长灯
照亮那个漆黑的夜

他采一把古代艾草
插在一部诗歌的峰巅
遥远的楚国不知道
忧愁的屈原不知道

一把艾叶被嚼碎
让夜晚挤出苦汁来
我要在酒中把自己忘记
我要光着身子写一首诗

秦军破城的马蹄踏痛心脏
为深爱祖国的那位祭奠
一条呜咽的江水

运载龙舟和真理
鸟鸣啼破了苦胆
眼泪，将我的内心滴疼
甘愿化作一块块青石
内心的锋芒指向混沌尘世
蛟龙入海，如月光砸地
枯瘦的影子在竹简上飘零
成风，成疾，成嗟叹
汨罗江水在我胸腔合唱

多余的脉管喷薄而出
百鸟在枝头聚成我心中的凤凰
《九歌》纯正了楚地的民风
《九章》高尚了诗人的情感
美政凝固成了不朽的诗章
纵情一跳感动了两千多年江山
已朝炽热的太阳飞去
用香草编织一身褴褛
向江中抛撒粽子的人，都是呼号
要喊回一个叫屈原的人

端午的太阳默不作声地升起来
喷射出血与火的交融之光
诗人的魂魄早已注入每一寸土地
注入每一个黄皮肤的血液中

2021.5.21

世界是自己的，与他人无关

人生开始，结局已经注定
善良真诚，问心无愧就好
学会放手，更要懂得随缘
笑看风云，活好每一天

人生如梦，水月镜花
一切都是空幻泡影
既然没有净土，不如静心
既然没有如愿，不如释然

有声有色地爱过，就是
有滋有味地痛过
不必总觉得生命空荡
上天总要你腾空双手
才能接住更好的一切

花开，是一种落泪的幸福
花落，是一种惆怅的感动
最美的你不是生如夏花，而是
在时间长河里的波澜不惊

珍惜拥有，放弃强求
路过的都精彩，留下的都幸福
不必执着人生，总是跑步前进
就是一口气跑到死亡的终点

庄子说：“天地有大美而不言，
四时有明法而不议，
万物有成理而不说。”
世界是自己的，与他人无关

2021.11.1

一个月亮就是一个故乡

秋果艳了
你的眼眸似一池秋水
忧郁而含情

秋水瘦了
牛的家中狼在集合
诗的故乡鹰在朗诵

秋仓满了
我在写诗
太阳在铺金

秋风在寻宝
柚子在怀孕
百姓在割稻

崔颢骑黄鹤走了
李白驾朵白云走了
只有我留下来，固执地等你

在秋光里，那些

被风吹响的句子
卸下许多熟透的果实

黄澄澄的南瓜
提早让秋天呈现萧索
感谢土地馈赠我们甜蜜汁液

2021.9.23

独占天下的醉意与风流

——走近李白

他把悲愤与孤傲掩藏在字里行间
把生命意义定格在自由山水画卷里
不让污浊的泥潭玷污高洁灵魂
他抖落世俗尘埃，塑造着仙人姿态
他的灵动飞扬宛如天上的云气
于是我们知道什么是永恒

他，从页页诗篇走来
他，向历史深处走去
三分剑气，七分月光
秀口一吐，半个盛唐
这大唐盛世不过就是他的一丝仙气
大唐江山又多了几分厚重几分灵动

故人入我梦
梦里的人永远没有温度
他亲手打碎，将梦里的所有镜花水月
倒错成一轮孤影
太白啊，能否借我你的剑
借我月下独酌花间的释然

遗世独立的仙人啊，你是星光灿烂时
独取一抹藏于心间
遥不可及的烂漫
与月相酌，醉卧青莲

李白是不朽的明月
他的剑尖挑着整个大唐
有人问：是盛唐造就了李白，还是李白点缀了盛唐
我愿重回大唐与你相遇
李太白可以当仁不让地独占天下

十分之七的醉意与风流
几许人世惊世才
他将傲气寄情于山水
一切高山大川
都是他
内心狂傲之气的外观
远离世俗的污秽
与清风为友，与日月相伴
就算是再历经一千年
不仅因为你的诗句
更因为你张扬飘逸的生命
年少轻狂，一身傲骨

那一双傲慢的靴子至今还落在
高力士羞愤的手里
众人皆欲杀
肝硬化怎杀得死你

翻开历史厚重的扉页
寻觅千年前盛唐的气息

墨刀剑客李太白
你是我一生一世的情人
你是风流倜傥的儒生
你是遗世独立的花朵

你本楚狂人，凤歌笑孔丘
你恢宏瑰丽的锦绣文章
总滋润着
我贫瘠干涸的心田
俱怀逸兴飞，青天揽明月
灵魂倾注诗魂
有你的诗篇为伴，我的心灵不孤独
愿我们在各自的盛世安好

2021.10.9

仰止你的诗歌

你是一个圣人，翻越枷锁
用一朵莲花商量我们的来世
用一生的时间触摸一颗佛心

你是一位诗者，在春天沃野里
匍匐耕耘，把诗的魅力暗藏在
香蕊里，犹如彗星眨着美眼

你驾着白云翱翔于苍穹，持着
鲁班大师的利刃，把诗的灵魂
刻入精品领域，注入人性大海

你从自己的花朵中来
芳魂里飘荡着祖荫的血脉
灵光浮着山野的碧蓝

消弭世俗恐惧，挣脱偏见绳索
把世间妖孽降服，做真善美先锋
笔耕心韵，点亮生命，播洒智慧

你的来去属于雪山大地

随淡云轻水游走，寻一世芬芳
追逐一场肉与灵的搏击

佛心攀缘灵魂，肩头的雪花
都无法阻挡爱的温存
在卿卿红尘里遇见锦瑟年华

在光影中寻觅，在激荡中思念
抹去缠绵，你的诗是一片闲云
随心飘荡，令缺失的人向往

你的诗是慢性疾病，无药可救
在每一个灯火昏黄的夜晚
拍打着我的睡眠

而你的诗化为缥缈的埙曲
散入尘世风中，那澎湃的心跳
依旧温暖，为世间披上无瑕的羽衣

2020.3.8

走进余秀华《月光落在左手上》

6 岁，才学会走路
中学时一首叫《无名星》的诗
斩获校刊征文的桂冠
这个脑瘫的女儿
19 岁，父母帮她找了个大龄女婿

余秀华的诗歌是纯粹的诗歌
是生命的诗歌
她的诗是语言的流星雨
灿烂得令人目瞪口呆
感情的深度打中你
让你的心疼痛

余秀华的诗是斑斓的秋天树林
每一片叶子都是好诗
凝聚着分量，转化成
灿烂的语言，让你目眩
让你激动得心疼

在干净的院子里读她的诗歌
告诉你一棵稗子提心吊胆的春天
“睡你和被你睡是差不多的

当然我也会被一些蝴蝶带入歧途
把一些赞美当成春天”

谁拴住了我的前世今生
风不仅仅养活了我
压着桃花掉进世俗
我是那个住在虎口的女子
就做一朵落败的花

《你说抱着我，如抱着一朵白云》
《生活的细节在远方回光照我》
《渴望一场大雪》
《穿过大半个中国去睡你》
《月光落在左手上》

向早年的梦要一点华丽的虚构
忧伤因为廉价而扔得到处都是
做了许久的梦坠下云端
便流出了一地月光
要赶在天黑前跑到生命的另一头

我的身体里没有你要的白
如一片叶卷曲在你的袖口上
没有水源的莫愁湖如果干枯
我怀疑我在这个世界作恶多端
我以疼痛取悦这个人世

2021.12.2

我们刚刚相爱又要分离

——赠政和一中高一(2)班

我本是骄傲的诗人
是上帝派我来到人间
和你们朝夕相处半年

我本是天上一棵绛珠仙草
为了报答灌溉之恩
来人世还我一些眼泪

我们刚刚相爱却要分离
但不要着急
我们的爱已写进诗集

诗集的名字叫《初心映月》
抑或《太阳与星星》
我们还会相遇，相遇明日的辉煌
我们还会相见，相见茫茫人海

暂时的分别，是为了永久的拥抱
拥抱明天更美的阳光普照!
我们的心田将绿草如茵

繁花似锦

我们是水塘边一片绿油油水草
我们更是黄土地上一排排白杨
我们可以举起绿意盎然的春天
我们也可吞下一条条河流，一座座岛屿

时光匆匆，岁月如梭
吾爱吾师，吾更爱真理
你的名字已砸了我的脚跟
我愿意在你的目光中重塑金身

哦！我是苏轼、曹雪芹
哦！我是李白、杜甫
一只翠鸟飞过田野
产生短暂暖流

我们相拥努力的今天
也必将拥抱艳丽的明天
我们都是玫瑰
绽放在下个绚烂的春天
当月光落在左手上
明天的你我
必定不同凡响

2021.12.17

睿智的灵魂镌刻出吉瑞的璀璨

《关雎》的歌喉
唱您恢宏岁月的辉煌
《橘颂》的音韵
唱响您壮丽山河的透亮
岳飞的《满江红》
唱出您不屈的尊严
文天祥的《正气歌》
唱响您不弯的脊梁

瞿秋白手中的那束野花
杨靖宇腹中的那点草粮
焦裕禄窗前的那盏油灯
廖俊波下乡的脚印一串串
采薇采桑的手，编织云锦
让我们以喊江喊海的歌喉放亮
黄河猛、长江壮
万里山河浩浩荡荡

从天安门楼前走过
走过一队队雷锋
走过一队队徐洪刚

走出中国人民最豪情的步伐
走出中华民族方阵的雄壮
“神舟飞船”，太空穿梭
港珠澳大桥，旷世夸赞
大沽口炮台宣示：
弱国无外交，睡狮要想站起来

旭日从上帝山爬起
无数柳枝与海共欢唱
千言万语穿起星光般灿烂的祝福
悬挂在母亲的周围
让 14 亿子女的双手
坚决捍卫你那高贵的节操

东方红了，春天来了，共建“一带一路”
世界已经刮目相看
从 1949 到 2019，70 年华诞
中国更加意气风发，奋发图强
您早已穿过阴沉的苍穹
驶向温馨的港湾

春风是你的笑脸
阳光为你而歌唱
鸽子为和平展翅
麦穗将红旗招展
夏花是你的芬芳
秋韵是你的新娘
寒梅为你而娇艳

信念将明天装扮

金秋的风送来袅袅暗香
霜中的菊用气节吻夕阳
爱溢出温柔的眼眸
望四野安详

激情飞上诗句
时光的琴弦，弹唱着今日的辉煌
我的祖国，您用睿智的灵魂
镌刻出吉瑞的璀璨

谁持彩练熊山舞

是谁在熊山的脊背上
种上一片红色的海洋
又是谁，手持彩练山中舞
妩媚浓雾笼罩下的夕阳

仿佛焗了红头发的姑娘
高昂着羞赧的脸庞
犹如倒挂的红瀑布
抑或手握猎猎战旗的花木兰

十二月的熊山
一点都不甘心寂寞
流连到你的近处
欣赏到你的丰姿劲骨
我犹如梦到初生的蝴蝶
又好像梦见木槿花开的热烈
醒了，我把梦
放在杜鹃枝上烧

莫非，偷来玫瑰三分红
借得梅花一缕魂

将叶子轻轻地点染
装扮岁月余生的辉煌

不与牡丹争雍容
不与玫瑰争爱情
也不与草本争空间
熊山红叶不卑不亢

它们宁愿燃烧自己
也要给世界镶上绚丽的晚霞
静静的星溪河正在酣睡
整座熊城都在读书养兵

而熊山烟雾缭绕，更像一幅水墨画
仿佛仙女揭开神秘面纱
而熊山，灼灼其华
正用滚烫之心揽天潇洒

2020.12.22

你只是一个轻轻的回眸

你只是一个轻轻的回眸
便锁住了我的万千风景
十里春风
在我眼里不如你

你站在我的面前
身后十里桃花黯然失色
惊鸿一瞥，从此世间
世间除了你再无美色

柔美如玉般的身姿
莲步轻摇
一双明目灿若星辰
让人不敢直视

你嫣然一笑
宛若花开娉婷
没倾国，没倾城
却倾了一颗魂不守舍的心

让人只想把你捧在掌心

千般呵护，万般疼惜
你，是我梦里
寻了千万遍的女子
一个回眸，天地停止了运转
万物停住了呼吸

2020.5.20

柳永的意境如水在每一处

三生石上的誓言
梵音青莲里的皈依
心事折叠在你温柔的呼唤中
灵魂沉醉在你旖旎的秋心里

你是沧海遗珠的怦然心动
你是薄如蝉翼的思念苏醒
我的秀发为谁梳
天涯茫茫陌路殊途

朱砂梅的清香！柔波似的心胸
情到深处，美丽为你起舞
爱到痛时，歌声为你倾诉
鸟自焚才能成为凤凰

你从姜白石的词里，有韵地走来
你的心如小小的寂寞的城
我哒哒的马蹄是美丽的错误
水面落花慢慢流，水底鱼儿慢慢游

往事像躲在墙角的蛐蛐

小声而固执地呜咽着
你每天葱绿地走进我的诗行
原谅并且容忍我的专制

少女从黑白照片里娉婷走来
烧焦的蝴蝶垂落双翅
而你与屋顶只需要穿着一袭白衣
柳永的意境如水在每一处

2021.5.20

愿做合欢草，夜则为一茎

择一城终老，遇一人白首
带着坚贞与你浅遇深藏
直到天荒地老

深情缱绻如玫瑰，芬芳寻觅眼光
风，吹走沧桑；雨，带走迷茫
愿我如星君如月，夜夜流光相皎洁

天南地北双飞客
千山暮雪，只影向谁去
愿你笑靥如花，温柔如初

你摇曳一抹浅笑，划入我心海
晕染心灵圈圈涟漪，我在心湖之畔
为你筑就玲珑的爱巢

每一天都是情人节，愿所有的爱
都能被岁月温柔以待
余生只愿与君度，情深不负共白头

2021.5.19

你像苍穹，盛开皓月在天际

——写在讲台上站了 35 年之后

给孩子一个梦
给梦一条路
给路一个方向

最初的凌晨都是黑夜
鲁迅，开始并不是鲁迅
冰心当初也不一定是冰心

我在空中送你一朵白云
在夜晚给你几颗星星
你有鹰的目光，你有草丛火萤

从此，一颗夏朝的夜明珠
照亮你的美丽、娇媚，在镜子里
把梳你秀发的木梳，拽你在未来的手里

如果把你造得太小了
孤独就会卷起花边
采得百花成蜜后
不论平地与山尖

世界需要燃烧也需要灰烬
我才长出一颗心
此刻起
清与流合而为一，润泽人间

你像苍穹
盛开皓月在天际
你像父亲，山一样的沉稳
你像母爱，水一样的灵动

在多彩的世界里
把青丝染成白发
筑起灵魂长城

愿世间所有的孩子，都长成参天大树
我们恰逢其时地奋斗
我们不遗余力地去努力

一腔热血
滋润的是天地万物的良心
一声高亢
唤醒的是伟大民族的崛起

2021.9.7

古体诗词

从教三十五年有感

华年无惧雨加霜，褪去红颜露雪妆。
踏岭裁霞铺锦绣，传经布道撰辞章。
舌耕宿柳终不悔，笔种新梅必砚香。
莫怨栽花开未好，几千桃李尽芬芳。

本诗发表于《中华辞赋》杂志《微诗集》“教师节诗词选”（2021 年 9 月 9 日）。

贺中华诗词学会网改版步周会长韵

月光如水洗娇妍，涉海跋山俱等闲。
一网国风飘雅处，嫦娥织韵在词间。

本诗发表于中华诗词学会官方公众号《中华诗词学会网站改版升级贺诗选刊（五）》（ 2021 年 9 月 11 日）。

贺中华诗词第十八届金秋笔会召开

金秋盛会涌高才，在线名师智慧裁。
轻唱诗经风雅去，潜研词韵比兴来。
又添雄志歌千阕，再展宏图梦百回。
妙笔生花胸最阔，真情澎湃凤凰台。

本诗发表于《2021 中华诗词第 18 届金秋笔会（网络）隆重召开　贺诗集锦（4）》（2021 年 12 月 13 日）。

第五届中华诗词高研班延期感怀

连日灾情似鬼魔，全民抗疫力量多。
水涝不适骚人聚，暴雨谁堪百姓禾。
口齿禽香迟意写，笔端蕴秀续期磋。
三苏赐教清晖月，傲世孤标再放歌。

本诗发表于中华诗词学会第五届高研班《诗海拾贝•第1期》（2021年8月9日）。

第五届高研班

披荆斩浪跨征程，讲话南巡震耳声。
人事沧桑天地变，中华自信日星横。
神州处处千家乐，乡镇村村万里清。
再借青春添妩媚，浦东巨作壮歌行。

本诗发表于中华诗词学会第五届高研班《诗海拾贝•第5期》（2021年9月3日）。

读《中华诗词“十四五”规划》有感

规划诗词意不休，离骚偶寄总清悠。
可怜溺水飞霞落，犹赞滕王野骛牛。
心底晴光先照画，梦中春色更风流。
唐声宋韵雄文美，撷取芳琼醉九州。

本诗发表于中华诗词学会第五届高研班《诗海拾贝•第9期》《“十四五”时期中华诗词发展规划》专辑（2021年11月14日）。

贺金秋笔会云端召开

风光旖旎伴诗欢，妙语连珠线上观。
李杜苏辛陪我笑，神奇文采作良餐。

2021.12.2

步韵段会长兼贺中华诗词学会乡村诗词工作委员会成立

百载文坛多布衣，一生妙笔志为犁。
换来骚体千秋律，韵奏神奇万古诗。

2021.12.26

虎年有感
步韵·张本义先生《岁次壬虎题以祈年》

双奥骏城汇骏良，全球盛会醉琼觞。
千姿万象壬寅起，绝世辉煌艳八方。

附原玉：

国历欣逢吉日良，占年更慰祝尧觞。
江山毓秀人才起，虎虎生威震八方。

登泰山（二首）

一

独尊五岳最风骚，万古登临亦自豪。
迈上中天藏锦绣，尔曹志拟泰山高。

二

静卧东州若虎蹲，浩然屹立壮乾坤。
千年风雨吹不动，此应炎黄志气魂。

2021.7.18

晨照书法

古墨满堂香，游龙亮灿光。
温柔如美女，矫健似金刚。

步白居易《小岁日对酒吟钱湖州所寄诗》韵

冬至暖心宜，人生似首诗。
一杯新月酒，几句纳兰词。
挚友登高日，羸身进补时。
春风佳气嗅，彼此养阳知。

湛卢宝剑

湛卢之剑如削泥，良士咨嗟叹绝奇。
天下太平欧冶子，灵光乍现鬼妖离。

2020.9.3

松溪火车站

源向春城爱几重，茶坪深翠引诸峰。
山松竹画风光好，凝似金尊梦更浓。

2020.10.3

松溪三宝

欧冶名扬几度秋，湛卢之剑亦悠悠。
衢宁快铁松溪过，版画龙瓷美誉留。

井冈山

巍峨华夏数千年，举锤提镰起义焉。
滚动风云寒气绕，艳丽旗帜井冈悬。
土豪占地彬衡里，战士挥鞭赣水边。
军长挑粮陈毅勇，同仇敌忾灭狼烟。

2021.7.7

声援战扬州（二首）

一

毒株冠状露狰狞，一夜猖狂潜入城。
只道洪魔刚覆灭，谁知妖孽又萌生。
出门口罩人人戴，进巷查酸户户清。
防控齐心除隐患，白衣天使献忠诚。

本诗发表于中华诗词学会第五届高研班《诗海拾贝•第 3 期》《诗笔援扬州》（抗疫专辑）（2021 年 8 月 25 日）。

二

淮左名都醉古风，竹西佳处意难兴。
恶魔新冠西湖瘦，变异毒株病柳汹。
大战三番千户愈，赢得一季万家宁。
挥拳砸烂瘟妖孽，廿四桥边景更清。

2021.8.11

西安抗疫赞

孽障猖狂圣地行，同胞忍痛苦悲呈。
秦川医护齐坚守，泾渭官民共抗争。
雁塔白衣无畏惧，西京大众获重生。
华清铁汉奔前线，高举蓝矛灭怪精。

2021.12.24

致敬钟南山

力挽狂澜一伟钟，悬壶济世寄情浓。
临危武汉除妖孽，受命江城战疫凶。
感动神州当榜样，系心百姓做先锋。
中流砥柱擎华夏，日月勋高五岳恭。

本诗荣获《中华诗词》杂志 2020 年“第 17 届中华诗词金秋笔会”优秀奖并发表于《中华诗词》（2021 第四期）。

次韵敬和周文彰会长《喜闻扬州疫情清零》

扬州新冠已清零，四海齐心灭祸星。
命运如来先造坎，踏平荆路世归宁。

2021.8.21

附原玉：

朝闻淮左疫归零，一蹦天高喜吻星。
世上从无难越坎，月余苦战得安宁。

听习总书记在中作十代会上讲话有感

使命光荣技艺求，修身载物竞风流。
臻于至美培元路，守正创新大道谋。

2021.12.20

喜迎中国作家协会第十次全国代表大会召开

红船逐梦九州晴，快马扬鞭续远征。
百载辉煌藏史册，六中盛会耀前程。
扶航破浪核心引，换届传旗晚辈成。
喜著文章思孔孟，融情奋进再深耕。

本诗发表于《中华辞赋》杂志《微征诗》“喜迎中国作家协会第十次全国代表大会召开”（2021年12月04日）。

贺张建光赴京参加中作十代会

笔触苍穹笑冷霜，中华大爱铸文香。
武夷水碧凝佳果，朱子研途现曙光。
美雨欧风随处润，朝天圣道满山扬。
一生伟志京城聚，当代精英济世章。

2021.12.20

贺政和县第四次文代会胜利召开

文联盛会沁人心，隔叶黄鹂奏好音。
古树枝繁生妙笔，星溪水媚调和琴。
俊波速度千山秀，朱子诗歌万木深。
美丽熊城秋景艳，同圆国梦待君吟。

廖俊波（藏头诗）

俊逸忠诚担当来，波涛惊世有真才。
激情政和辉煌铸，情满乡村百卉开。
政畅人和环境改，和舟共济惠民栽。
建成遐迩闻名县，功德无量国栋材。

敬水稻之父

一生只为稻粱谋，千古饥荒不再愁。
泪雨天庭研水稻，此回丰盛续风流。

2021.5.24

吊院士袁隆平（新韵）

庇佑生灵孕太阳，不辞艰苦卧田岗。
赢来温饱苍天暖，掷去饥寒志士康。
千里稻花歌秀色，万家灯火祭孤芳。
耄耋荣誉归黑土，夺目勋章永绽香。

2021.5.23

人民是江山（新韵）

中华兴复起红船，砥砺沧桑正百年。
岁月峥嵘星灿烂，丰碑伟岸月平安。
经行使命寻真理，叩问初心觅史篇。
来者兢兢千载业，人民永远是江山！

2021.7.4

解放南京

龙盘虎穴照光芒，驱蒋雄师斗志昂。
总统府前旗帜亮，台湾岛上瘴烟猖。
摧枯拉朽江山盛，风卷残云社稷昌。
走向繁荣齐勠力，九州安稳慨而慷。

2021.7.4

警察赞

一身正气带吴钩，抗疫惩凶战未休。
除暴安良经酷暑，奔忙尽责铸风流。
祛瘟朗宇千秋事，抢险扶危万世酬。
剑胆琴心存壮志，海疆固守勇为舟。

2021.12.25

孟晚舟回国

沧桑几度愈风流，磊落光明唱晚舟。
砺剑三年收锐器，自豪儿女耀神州。

木诗发表于中华诗词学会第五届高研班《诗海拾贝•第7期》同题创作《孟晚舟归来诗词集锦》（2021年10月11 日）。

蓝天保卫战（新韵）

坚定清查污染地，强行打败雾霾精。
脱硫除碳拨迷阵，去氮排氢现伟星。
矿业复原出意境，能源再产有神鹰。
今天擂响蓝天战，明月清新美丽情。

河南救灾

大地中原灾骤降，八方救助免遭殃。
浊流暴虐河堤裂，猛浪滔天道路僵。
正气清风驱鬼唳，乾坤浩荡聚龙祥。
人民武警传捷报，火箭官兵闪伟光。

2021.7.21

豫地水患感怀

暴雨施淫豫地湮，决堤毁坝浸农田。
中原沧海鱼虾乱，子弟军人铁臂联。
天地无私妖孽伏，凡间有爱涝灾痊。
任凭巨浪阳光在，万顷青禾再次鲜。

2021.7.24

缅怀喀喇昆仑戍边英雄

无悔青春铸魄魂，一腔碧血写功勋。
戍边伟志英雄胆，守土平生忠义心。
冰雪皑皑强脊骨，风霜冽冽化鹏鲲。
人民传颂史铭记，无恙山河有巨神。

本诗发表于《中华辞赋》杂志《致敬，屹立喀喇昆仑的边防英雄（第二辑）》。

昆仑英雄赞

忠诚伟岸护国门，致敬飞鹰演战神。
神勇驱狼除虎豹，凛然正气御昆仑。
英雄献义安华夏，群众呈花慰战勋。
铁血翻腾掀巨浪，旌旗高展铸冰心。

本诗发表于《中华辞赋》2021 第四期。

敬挽袁隆平

山河垂泪忆隆平，去饿温饥战此生。
花酿蒲衣彝鼎重，叶书稻种锦囊盈。
三川驾鹤云陪辇，五岳乘龙月照鲸。
禾下汗斑收隽秀，天堂御赐慰功名。

本诗发表于《中华诗词》杂志《沉痛悼念“杂交水稻之父”袁隆平院士诗词专辑（三）》（2021年5月23日）。

敬挽赵京战老师

苦耕诗海古稀长，汗水浇开百卉香。
新韵之功无以报，行星一颗作勋章。

本诗发表于《中华诗词》杂志《悼念赵京战先生 挽诗挽联专辑（三）》（2021年7月5日）。

敬挽吴孟超（新韵）

一代华佗久历艰，惊闻驾鹤泪多添。
救人排难千家智，起死扶伤万户贤。
肝胆仁慈精湛上，节操高尚杏林边。
耆英医病彰成就，德艺双馨妙手间。

2021.5.25

新政和赞

赞颂星溪披锦衣，黄将神圣赋新词。
拔天妙笔春来画，荣把熊城化作诗。

锦绣下党

染尽南湖伟帜红，高悬镰锤写初衷。
寿宁偃卧神来笔，下党纵横创意丛。
致富丹心舒画卷，脱贫赤胆贯长虹。
征程百载龙腾跃，吐艳寰球唱大风。

2021.7.17

下党映象

两边高地插云旁，中间溪流顺势藏。
剑指苍茫倾首瞰，火柴贴壁古悠昂。

2021.7.17

红色洞宫

碧水丹崖演洞宫，风帆渡海未曾空。
湖边怪圈星人画，洞口军民暴动风。
水里鸳鸯颜色美，南边峭壁炮声洪。
红旗卷起农奴戟，闽赣江山赞伟雄。

2021.7.29

洞宫红河谷

卧波彩带绕溪边，魄动魂牵九孔巅。
洞府迷宫藏锦绣，道观遗迹问婵娟。
穿涛嵌翠鸳鸯爱，寻梦镶银白鹭虔。
深水有龙须用剑，今人造化胜于仙。

本诗发表于中华诗词学会第五届高研班《诗海拾贝•第 12 期》《新年畅咏 七彩人生 咏物抒怀 山水田园》（2021 年 12 月 28 日）。

革命老区洞宫赞

白水鸳鸯旅客崇，洞宫山水画图中。
泛舟尽赏湖春景，登顶容身碧绿丛。
跌宕人生随境过，浮沉世界任时匆。
不曾先辈千秋会，何至逍遥住洞宫。

注：先辈，是指在此留下了感人事迹的革命前辈叶飞、黄立贵等。洞宫山景区面积 40 多平方千米，最高峰香炉峰海拔 1459 米，有 36 洞、49 景、72 峰之称。历史上朱熹、李纲、赵迪等文人墨客在此留下了足迹，以“花桥、虹溪、怪圈”三绝著称于世的洞宫山，自古以来就是闽东北著名风景区。洞宫村于 2014 年 11 月 26 日入选第三批中国传统村落名录。革命老区红色基地将成为瞻仰红色文化、文旅、研学、康养之地。

魅力彩虹桥

霓虹灯火水边摇，激荡歌声秀宇飘。
时尚熊城仙界夜，嫦娥常约度春宵。

2018.5.11

政和聚龙廊桥

流香凤翅名淹没，骚客佳人墨久扬。
星聚龙桥诗换韵，山川气脉佑吾乡。

2021.8.26

福星桥

秀色廊桥缀锦霞，神仙过此误归家。
诗风吟满官湖地，何用新词使劲夸。

2021.7.31

官湖福星桥

官湖矗立太平桥，夜入金銮傲世娇。
秋水无痕吟富庶，兰亭有序颂今朝。
汀花鹤影随波涌，人媚歌清现舜尧。
佛字绿漪催晓月，塔山音梵度晴宵。

杨源翠溪落岭桥

雄骑湍险破尘荒，自此青山任我狂。
夏遇疾风不叫苦，冬遭骤雪亦刚强。
功名尽写屏南路，才德全描落岭章。
漫入烟霞歌岁月，寄情碧浪翠溪昌。

2018.9.20

礼门廊桥抒怀

阙宇轩昂瑞气豪，银龙如锦显风骚。
神龛壁画山河壮，碧瓦朱甍日月高。
德福普庵桥北佑，凤峰虾岭水西鳌。
地灵人杰辉煌铸，硕博精英耀圣袍。

礼门锦绣廊桥（新韵）

水底秋波涌月光，雕栏画栋总轩昂。
稻香弹奏蝉鸣曲，疑似黼黻落锦堂。

2021.8.19

注：黼黻，为古代礼服上所绣的花纹，亦喻文采。

礼门水尾桥写意（新韵）

驱车胜境眈，有景似金銮。
水尾廊桥好，高檐落雨甜。
人于天外醉，云在画中闲。
作赋初秋里，吟诗已忘餐。

2021.8.19

振兴赤溪

振兴乡村慕远贤，诗书翰墨亦修禅。
常思锥栗香霜菊，谁信醇茶煮野泉。
族谱萌生家国梦，赤溪高唱富强天。
游迷鬼洞仙居客，品学真卿艳杜鹃。

注：鬼洞岩、仙叠石为赤溪景点。

2021.7.18

澄源赤溪廊桥

一潭绿水映廊桥，河鸟凌空任戏霄。
清水浣纱农妇乐，急流荡桨少儿跳。
山溪味美群垂钓，虹彩诗多数景超。
此处不为今日有，政和史记百年骄。

2018.9.21

花桥端午祭忠魂

五月端阳艾叶悬，花桥坠粽祭贞贤。
汨罗号恸星光唤，楚地哀伤浊泪涟。
不朽精神垂万代，恢宏骚稿耀千年。
而今再读招魂韵，屈子襟怀慰九天。

2020.6.24 端午节

清明祭祖

花落缤纷同作祭，苍天掉泪共伤悲。
缅怀历史强梁脊，继往开来亮剑眉。
艳艳桃花惭妩媚，依依杨柳愧参差。
人生忠义千秋事，写我中华万古诗。

2021.4.4

清明念英雄

暮春细雨送寒腮，四月杉青蝶舞陪。
柏树萧森含泪滴，梨花惊艳入尘埃。
世间自古恩常在，聚散从来命运裁。
国盛家亨千业旺，英雄悲壮赋坟台。

2021.4.4

清明祭昆仑英雄（新韵）

中华自古有雄材，志在为民壮举开。
力挽边陲脱水火，心忠国事刺狼豺。
功高盛似安民誉，识远精如济世才。
气概坚贞甘赴死，清明皓魄照家陔！

2021.3.30

清　明

乡下风光好墓田，清明祀扫各纷涟。
纸钱化个轻蝴蝶，血泪啼成艳杜鹃。
日暮双亲眠冢上，夜归孝子跪灯前。
人生在世多尊敬，莫待无时问九泉。

2021.3.30

清明踏春（新韵）

春含情绪燕高飞，踏上家乡祭翠微。
盛世常逢开口笑，子孙犹靠祖荫垂。
但将酩酊酬佳日，喜用团圆拜族帷。
绿水长流恩不尽，柳杉依旧报春晖。

2021.3.30

祭　亲

一捆黄钱两束花，爹娘几拜嗓声哑。
清明常把双亲祭，忠孝传承国与家。

2021.4.4

母　爱（二首）

一

中华自古孝为先，德义伦常百世延。
尝药敬汤恒伺母，卖身葬父永惊天。
肩挑四季维生计，夜补三更懂悯怜。
堂上椿萱多茂盛，齐芳兰桂咏新篇。

二

母爱犹如天上月，无时不在照儿心。
霜肩有泪裁衣裤，偻背无言献苦辛。
海碧路遥何日见，长思虚枕觉难欣。
万恩千爱鸦倾哺，大义难回泪我襟。

2021.4.26

重　阳（新韵）

秋来枫叶冻成霜，游子折菊倍断肠。
把酒吟诗因疫孽，登高怀母度重阳。

2021.10.8

重阳赋诗

闽南鸿雁已初飞，耄耋登高上翠微。
国庆相逢乡水笑，中秋邂逅故园肥。
但将薄酒酬佳日，且用清词赋落晖。
兰佩菊光留不住，茱萸插遍亦芳菲。

2021.10.8

2021 春节

核酸检测春节到，冠状除毒永去灾。
日盼东风青草绿，神州惊喜菜花开。

2021.2.10

中秋抒怀

岁月轮回又一年，上苍不老似从前。
齐心抗疫闲云惬，仔细查酸紫桂涟。
辉泻霜花骚独霸，风摇竹影态犹翩。
雁鸿万里神舟客，盛世中秋话锦篇。

本诗发表于中华诗词学会第五届高研班《诗海拾贝•第 6 期》《中秋专辑》（2021 年 9 月 3 日）。

辛丑立秋

才知三伏衰，却遇立秋时。
无奈灾荒重，临嗟稻谷慈。
疫苗随户打，除患不宜迟。
幸好梧桐叶，良风谩起悲。

本诗发表于中华诗词学会第五届高研班《诗海拾贝•第2期》(2021年8月25日)。

立冬咏物（通韵）

初冰消息到山梅，闹菊郊区晓色摧。
胜日香诗迷夏眼，晚年甜梦探春腮。
寒暄乳燕随声看，羁旅云鸿寄讯回。
料得良人多健在，芳华枫叶赛玫瑰。

本诗发表于中华诗词学会第五届高研班《诗海拾贝•第11期》《时代风云 咏物抒怀 山水田园》(2021年12月13日)。

花甲抒怀

六旬已近不叹兮，壮志凌云可睹霓。
百岭嫣红枫吐艳，万山碧绿柏嬉迷。
高原策马豪诗啸，水畔寻芳俊鸟栖。
精彩人生今起步，飞扬文采圣贤提。

2021.12.12

建党百年

南昌炮响党旗鲜，解放丰功玉宇娟。
赶走熊罴辞旧梦，驱除虎豹换新篇。
初心不忘宏图展，统战更寻大志延。
大哉中华圆伟业，同舟共济凯歌旋。

本诗发表于《中华辞赋》2021 年第四期。

贺党的十九届六中全会胜利召开

百岁红船破浪航，扬帆万里气轩昂。
英雄儿女真豪杰，昌盛家邦惩恶狼。
致力民生传喜讯，同商国是固边疆。
齐心迈向康庄道，华夏城乡沐艳阳。

本诗发表于中华诗词学会第五届高研班《诗海拾贝•第 10 期》《学习党的十九届六中全会决议精神》专辑（2021 年 11 月 20 日）。

新时代新征程

双馨德艺鼎新呈，气象恢宏守正生。
寰宇清风文瀚漫，乾坤浩月曲峥嵘。
繁荣大道披荆去，筑梦春秋复兴鸣。
万里征程霞彩映，人民至上凯歌萦。

2021.12.20

“嫦娥五号”踏月采集月壤

“嫦娥五号”立丰功，驰骋苍霄破雾丛。
领命蟾宫寒兔伴，收齐月壤桂花冲。
完成取宝炎黄赞，凯旋归来喜讯逢。
圆梦红旗仙阙猎，丹心探火最英雄。

祝贺“嫦娥五号”回家

九天揽月梦初圆，地外科研著锦篇。
点火苍穹精采样，“嫦娥五号”勇超前。

本诗发表于《中华诗词》杂志微刊即《我有话对嫦娥说》“庆祝嫦娥五号探月工程圆满成功征稿选登”（2020 年 12 月 19 日）。

贺“神舟十二号”载人飞船发射成功

巧遇锤镰百诞红，三英坐箭跃苍穹。
空间建站星河让，气宇欣瞻地月通。
百载倥偬圆大梦，九霄探测住仙宫。
操持精准零疑惑，后羿豪情耀浩空。

本诗发表于《中华诗词》杂志 “诗说时事”《祝贺“神舟十二号”升空暨与核心舱对接成功》（2021 年 6 月 18 日）。

“神舟十二号”载人飞船发射成功（新韵）

神州大地起狂飚，遥看飞龙射九霄。
海胜领衔精气抖，伯明潇洒飒姿骄。
赋诗一首心潮涌，探宇多回胆略豪。
三月离别天地赞，中华子弟最风骚。

“神舟十二号”载人飞船太空对接成功赞（新韵）

载人神箭又冲天，科技发达再向前。
仙女从今不寂寞，英雄在此建空间。
玉皇惊诧迎宫殿，王母慌忙备酒筵。
祝愿旅途多顺利，太空接对尽平安。

2021.6.17

贺“神舟十二号”载人飞船与天和核心舱交会对接成功（新韵）

利箭穿云步太空，中华圆梦再称雄。
对接天和核心处，进驻三舱几俊红。

2021.6.18

贺“神舟十三号”载人飞船在轨工作满三个月

虎跃新春又立雄，三英坐箭遨苍穹。
空间授课星河赞，地面操机械臂通。
百载征途圆大梦，九霄画像耀仙宫。
中华儿女多奇志，六月风光再敬逢。

本诗发表于中华诗词学会第五届高研班《诗海拾贝·第14期》。

“天问一号”探测器着陆火星

着陆苍穹外，追求卓越游。
昔无飞鸟翼，今有火星舟。
百代冲天梦，千秋夙愿酬。
雄狮惊世界，宇际取丰收。

2021.5.15

“天问一号”探访火星（新韵）

桑梓情长探火星，中华卓越去新征。
成功着陆行星脊，喜讯传来月亮踪。
精测太空神器妙，遵循轨迹画屏精。
造福后代歌天问，伟大炎黄美梦成。

2021.5.16

2022 北京冬奥会

长城脚下冻红衣，灿烂精灵皓空飞。
激荡五环旌帜猎，跻身三甲势头威。
国歌壮我冰壶热，漫雪莹谁速滑晞。
莫道炎黄瑰丽眩，中华英女戴冠归。

2021.8.30

北京冬奥会开幕

圣火燃烧礼带飘，八方佳客起狂潮。
冰墩招手迎新秀，冬梦为媒架彩桥。
耀宇星环旗互伴，盈坤洲海水相描。
蛟龙腾地风姿展，瑞虎呼天分外娆。

北京冬奥会抒怀

洁雪晶莹秀色纯，精英竞技暖如宾。
长城随地掀波起，健将邀天展翅伸。
四海冰星凌壮志，五环圣火炫邻亲。
疫虫虽厉还相聚，奥运深情抱早春。

北京冬奥会

四海麒麟聚亚东，长城万里唱雄风。
冰刀雪剑欢胜会，梅占神奇第一功。

北京冬奥会开幕式

北京冬奥客宾齐，今日开篇节目迷。
飞鹞空翻轻似燕，五环旗下靓东西。

一城双奥赞

一城双奥最风光，瑞雪霓裳抵盛装。
后裔龙人多睿智，五环圣火炫馨乡。

冬奥运赞

燕山脚下雪苍茫，滑道神工竞技扬。
奏响凯歌华夏耀，龙骁虎啸创辉煌。

奥运五环亮东方

奥运精神瑞宇扬，五环圣火亮东方。
尖刀犁雪春光绽，意战坚冰技艺香。

北京冬奥夺冠

火炬相传金冠摘，炎黄健将亮宏才。
群英竞技拼全力，起凤腾蛟向未来。

祝贺北京冬奥会胜利开幕

北京冬奥巧逢春，盛会空前乐万人。
冰道雄鹰兜劲舞，滑池金豹摄魂轮。
五环圣火倾惊艳，四海新巢曜绝伦。
纵有苍蝇头撞壁，阳光普照压蛇身。

杨倩夺东京奥运会首金赞

东瀛比赛首金开，清华杨将实力来。
百步压雄枪法妙，国歌响彻冠军台。

李发彬金鸡独立式举重夺冠赞

金鸡独立臂增威，足踏东京勇气肥。
手使项王扛鼎力，扶桑出日耀春晖。

谢思埸王宗源双人3米板夺冠赞

身姿如燕不贪高，向内挪腾独占鳌。
但见龙门鲈鲤跃，侧翻鸿鹄水中遨。

2021.7.30

孙一文夺女子重剑金牌赞

从来齐鲁育英豪，一剑封喉惜宝刀。
五色彩旗中华艳，炎黄洒脱染征袍。

本诗发表于《中华辞赋》杂志《微诗集》“奥运诗词选”（2021年8月21日）。

红楼人物赋诗

贾宝玉（三首）

一

十二金钗聚贾家，争奇斗艳似仙葩。
元迎探惜聪明树，史薛林王姐妹花。
珠草报恩流浊泪，石头回首望残霞。
无能不肖留楼梦，杂学归空煮墨茶。

二

无材难去补苍天，草莽红尘若许年。
鄙视功名冰炭忌，沉迷粉黛水鱼缘。
寻愁觅恨咸称范，似傻如狂确近癫。
大厦倾斜人事定，齐家皆仗子孙贤。

三

衣来伸手踞深宫，靓女情缘几处衷。
祖上荣华终佚逝，眼前富贵总留空。
逢人常道梦中事，随父难填现实窿。
枉入红尘二十载，茫茫渺渺趣非同。

林黛玉（四首）

一

孤苦伶仃恸彻侵，绛珠旷世惹人心。
天生丽质春惊色，腹满芳词鸟啭音。
一首葬花千古句，几弦断曲百年琴。
痴情纤弱临风立，整部红楼痛到今。

二

羞花闭月赛仙姿，豆蔻香莲带语迟。
瘦影正逢春水照，卿须怜我我怜之。

三

弱柳扶风染病横，心藏万绪虑多生。
情天恨海红尘渡，木石姻缘绝世盟。

四

态生两靥病袭身，哭泪埋花葬恨根。
仙草绛珠悲世绪，深情缘分创伤痕。
心如比干多一窍，意似西施胜九分。
诗句新奇神叛逆，试堪清照也怡人。

贾元春（三首）

一

初生富贵最雍容，幸入深宫时傍龙。
天不假年消福寿，荣华腾达影无踪。

二

贤妃孤寂住皇宫，难享人伦意趣空。
虎兔相逢归大梦，魂牵魄绕祭东风。

三

大年初一任逍遥，榴树开花香气飘。
虚耗芳魂神晃晃，望穿故土路迢迢。
天伦须要抽身早，福分时常随手消。
富贵转轮如汉水，虎犀相见亦心憔。

史湘云（二首）

一

襁褓之时父母亡，及笄婚配逝家郎。
枕霞旧友胸豪阔，一抹春光耀雅堂。

二

襁褓之间父母违，湘江水逝楚云飞。
枕霞旧友豪情阔，大观园中芍药围。

惜　春（二首）

一

谁言豆蔻不心知，唯叹芳菲景已痴。
勘破三春流水去，青灯顿改大观诗。

二

观园描画秀眉凝，耿介心灵冷世矜。
勘破三春枯败事，缁衣顿改伴青灯。

妙　玉（三首）

一

修行带发忆前诗，走火情禅入梦痴。
古殿青灯人渐老，朱楼红粉念春迟。

二

气质如兰俏美添，好高人妒世皆嫌。
天生孤僻凡间罕，白玉无瑕泥淖沾。

三

出家带发逝青春，四大皆空秉性淳。
文笔精通容貌秀，经书博览智商珍。
畸人形象兰花质，官宦诗仙菡萏身。
命运不公沦烂淖，凡尘痛失槛中真。

贾　珍（二首）

一

败家淫乱愧君恩，误入歧途辱子孙。
拄杖奔丧犹丧妣，祖先蒙丑已头昏。

二

霸凌愧对祖宗恩，淫浸双尤确耻惛。
拄杖殡卿真费解，海疆充配效身浑。

贾探春（二首）

一

才自精明志亦高，玫瑰多刺也堪豪。
抛乡别母风筝运，海外土妃把命逃。

二

长挑身段柳枝腰，鸭蛋情形媚眼撩。
顾盼神飞文采好，仰观犹忘月华骄。
生于末世雄心耗，浸入东风美梦遥。
一掌打伤王善保，骨亲家业水中漂。

王熙凤

能言善断俏佳人，宝气珠光扮倩身。
粉面初呈威后露，丹唇未启笑先陈。
胸怀策略明生计，权弄贪心暗蓄银。
算尽机关卿性命，凤凰末世雪中泯。

尤三姐（新韵）

揉碎桃花满地红，非常凌辱岂能容。
玉山倾倒谁扶起，纨绔湘莲遁入空。

李　纨（新韵）

红梅一朵美人娇，蹈矩循规画地牢。
教子相夫唯眷念，清心守寡最难熬。
簪缨头戴功劳表，金印胸悬凤袄豪。
节烈妇人贞秉性，枉留他者作闲聊。

贾　政

厚道端庄袭祖强，忠心正直被污扬。
悖时迂腐灯成谶，众叛亲疏自感伤。

巧　姐

出生官宦弱花身，刘氏更名唤巧珍。
凤姐恃强遭怨恨，舅兄起歹险私亲。
事前识破施精计，乡下逃追毁丽人。
佛手缘通因果报，一场虚幻庶联姻。

秦可卿

绝代柔情幻境留，春花秋梦也知羞。
温香醉得珍公恋，姿色迷来宝玉愁。
几度相思缠乱绪，一腔怨恨败空楼。
奈何解锁悬梁去，谁可陪卿入土休。

刘姥姥

乡村老妪学精明，贾府攀亲颇热诚。
三进豪门飞笑意，每言趣语浸欢情。
凤哥劫难真心助，巧姐危时妙术行。
成败是非多少事，高低贵贱任人评。

晴　雯

风流灵巧位卑身，浊世焉容蕙质人？
纵有补裘终玉陨，唯余嗟泣冷芳珍。

紫　鹃

花鸟齐名寓意藏，鹦哥侍黛费柔肠。
心怡木石前盟好，泪落良缘宝玉伤。
灵雀一声离绪怅，帘栊三滴旧情殃。
紫鹃啼血多凄厉，独卧青灯古佛旁。

红楼悟

鲜花着锦世家强，火烈油烹尽散光。
金玉良缘空幻渺，娇姿艳态演荒唐。
绿裳红袖伤痕重，欲海情天抱恨长。
苦恋历来皆是血，人生羁旅梦连场。

黛玉泪

冰清玉洁弱花姿，可叹年轻父母辞。
忧郁伤神常落泪，闲愁风露惹情思。

吟宝钗

淡描花蕊身心静，愁重无痕露沁魂。
淑女芳姿秋粉影，良缘金玉守空论。

平　儿

不卑不亢不争宠，聪慧平和有善心。
化解难题多少次，终成正果受人钦。

司　棋

为人秉性自刚强，主子遭欺闹作坊。
约会又安追挚爱，一朝不慎撞南墙。

薛宝钗

华贵雍容品德强，知书识礼秉纲常。
有缘无爱青春黯，金玉深埋守空房。

贾雨村

贪酷官僚欲壑深，一朝金榜计多阴。
恩将仇报扛枷锁，可叹时飞落草吟。

贾　敬

烧丹炼汞道观忙，锦绣红尘脑后藏。
忠孝不行砂胀死，箕裘颓堕宁遭殃。

鸳　鸯

品端颖慧内坚强，忠善知心侍正堂。
剪发誓言刚烈性，宁为玉碎殉横梁。

甄士隐（二首）

一

观花恬淡弃功名，扶困修仁厄运生。
世事隐真游四海，冲天壮志逸尘情。

二

一番梦幻到贫穷，骨肉分离似巨风。
际遇兴衰源富贵，人间冷暖不言中。

2021.11.23

贾　兰

贾府修来好子孙，齐芳兰桂傲家门。
春风桃李乾坤大，逆境成才举世尊。

薛姨妈

仁慈亲善富皇商，左右逢源两面光！
泡影繁华人后苦，寄居独醒享悲凉。

2021.11.23

王夫人

瞒天过海恶弥彰，食素慈眉善伪装。
高贵虚荣威体面，相夫爱子费思量。

2021.11.23

邢夫人

贪欢冷酷已成昏，婆斥公嘲众厌烦。
小技雕虫银两掠，弄权设套造多冤。

2021.11.23

贾　赦

朝官世袭旷风流，纳妾藏娇未肯休。
仗势欺人图古扇，天良丧尽枉为侯。

2021.11.23

林如海

儒门钟鼎不须夸，科举探花枕锦霞。
宦海沉浮轻利益，娇聪玉女作仙葩。

2021.11.23

尤　氏

拖油瓶子性情良，以德伸能屈约章。
沥血呕心沉稳劲，随机应变暗锋芒。

2021.11.24

莺　儿

娇柔妩媚巧心灵，乖顺清幽碗技星。
画笔描春玄道破，良缘奇解主温馨。

2021.11.24

侍　书

秋爽斋中敬女豪，芳华幽梦共波涛。
几曾月夜江边望，千里家乡不可翱。

2021.11.24

潇湘馆

有风来仪鸟唱欢，参差竹影伴身单。
潸然泪下诗焚尽，孤傲佳人枕月寒。

怡红院

芭蕉绿玉海棠香，华贵雍容富丽皇。
无事闲人归绛主，佛场愁入七阳刚。

蘅芜苑

清芬蘅芷冷桃廊，数异香花淡艳妆。
柳岸风荷蛙久唱，洞天别有趣成章。

浣葛山庄

本是官家女，随朝顺德纲。
竹篱临水雁，十里稻花香。

秋爽斋

桐剪秋风帖满墙，玲珑佛手凤朝阳。
将倾大厦巾香浸，阔朗娇娘嫁异乡。

栊翠庵

苦海慈航仕宦名，晨钟暮鼓爱分明。
娉婷金玉清规渡，冷酷无争亦重情。

藕香榭

坞里馨香锦绣延，蜿蜒笙瑟震天仙。
可怜大户豪门女，独卧青灯永听禅。

紫菱洲

苇岸繁花玉影留，中山狼祸倍侵楼。
悲凉情怨听几曲，人去谁闻鹦鹉啾。

荣禧堂

檀紫玄螭案，青铜绿鼎花。
珠玑昭日月，黻黼焕烟霞。

红香圃

碧波荡漾鸟行船，芍药争奇似火燃。
诗句满园娇忘返，湘云醉卧胜旗旃。

词

渔歌子·扬州抗疫

孽障阴霾卷地来，维扬街坊久徘徊。
旌旗猎，术刀揣，白衣天使战魔胎。

2021.8.12

鹧鸪天·金秋抒怀

金稻丰收十月中，建军强大舞东风。晚舟脱梏投怀抱，丹桂飘香访太空。
观前景，战魔凶，脱贫致富乐融融。春秋七二迎华诞，强盛中华国运通！

本诗发表于中华诗词学会第五届高研班《诗海拾贝•第8期》“辛丑国庆”专辑。

鹧鸪天•赞魏静

下派支书旧貌除，青春拼却脱贫殊。从今山水魂牵绕，种下深情亿万株。
穷脱困，苦需扶，农家笑语比仙姑。村民恳切真情送，祝愿前程旭日初。

本诗发表于《诗刊》2021年5月上半月刊总第856期（2021年5月1日出版）。

鹧鸪天·学习党的十九届六中全会精神

猎猎旌旗映眼眸，征程翻越更风流。红船逐浪千山跃，伟业强音灌满楼。
谱鸿曲，竞风流，六中全会慧心收。人民代表呈良策，一代核心掌万舟。

2021.11.22

画堂春·学习党的十九届六中全会精神

秉承马列举旗红，初心又遇春浓。启程携手沐东风，崇敬英雄。
擘画百年宏业，征程无畏前冲。振兴华夏志如松，筑梦如虹。

本诗发表于《中华辞赋》“全国作者学习党的十九届六中全会精神诗词选（第一期）”（2021 年 11 月 22 日）。

鹧鸪天·《伟大征程》观后有感

一路风雷一百秋，南湖烟雨忆风流。剖肝沥胆群英聚，扫海排山众志酬。
风雨路，雪霜舟。小康图里庆丰收。初心不改豪情在，破浪扬帆更上游。

本诗发表于《中华诗词》2022 年第一期（2021 年 12 月 5 日），并荣获“第十八届《中华诗词》金秋笔会”优秀奖。

同题唱和《鹧鸪天·中秋寄月》

天使扶危疫地奔，成城众志斩妖瘟。今秋赏月难相聚，只把相思寄玉轮。
歌盛世，享温馨。金樽最敬远征人。蟾宫折桂民欢乐，题赋吟诗赞美魂。

本诗发表于中华诗词学会第五届高研班《诗海拾贝•第 4 期》同题唱和《鹧鸪天·中秋寄月》。

渔家傲·花桥走桥（词林正韵）

醉鼓声声昏又晓，花桥光景人难老，男女虔诚真命好。经声闹，文人一曲渔家傲。

碧水悠悠香袅袅，浮生挣来长年少，莫惜祭魂开口笑。端午到，人间盛事千樽俏。

2020.6.24

念奴娇·政和聚龙桥（词林正韵）

流香凤翅，汇雕梁紫气，三山腾迹。桂魄飞来光射处，美浸一江金碧。玉宇琼楼，仙葩阆苑，如入嫦娥国。繁华新政，望清明上河历。

我醉庠序狂歌，相卿贵胄，疑惑金陵客。永夜同欢飞凤下，今夕不知何夕。燕舞风吟，驾龙归去，何用骑鹏翼。水晶宫里，吹箫兼又横笛。

2021.9.9

满江红·激战武汉（中华新韵）

激战江城，疠瘴虐，谁言胆怯。防扩散，戕生饕餮，围攻毒孽。伟岸山河涂碧血，晴川笼雾心沉铁。恁无奈，携手救生灵，除魔蘖。

仇敌忾，风悲咽，擎利剑，诗如血。神医披盔甲，百毒难啮。滚滚长江贲热血，长城万里歌明月。待归来，煮酒敬南山，苍天悦。

2020.2.22

水调歌头·战瘟神（词林正韵）

冠状嚣如虎，荆楚起奇兵。锦猪惊去，银鼠瘟疫漫天行。庚子新春灰暗，己亥携来扁鹊，亲戚恨相迎。鹤唳乱云渡，江汉陷孤伶。

去沉疴，严防控，闭封城。钟南山至，医者仁爱救群英。圣手亲挥利剑，毒物难逃钟馗，勠力向前冲。待到樱花灿，春景耀清明。

2020.1.31

沁园春·战武汉（词林正韵）

鼠年风光，千村封路，万户断交。望大街小巷，人人口罩，交通切断，马路车消。黄鹤楼前，疫魔袭扰，祖国齐吹集结号。多时日，禁居民出外，约会遥遥。

江山如此多娇，引无数精英竞折腰。赞神仙扁鹊，药方绝妙；火神医院，降怪除妖。防控防疫，党员模范，众志成城除毒妖。待明日，数风骚人物，医界妖娆。

2020.2.23

沁园春·郑州抗洪（词林正韵）

天降汹灾，水漫河南，猛兽猖狂。看郑州多镇，汪洋恣肆；河堤蓄水，险境侵桩。村没车淹，人荒路断，暴雨倾盆似魅狂。民焦虑，九派洪魔起，鹤雾嚣张。

而今武警围狼，豫部队，抗洪壮志昂。有军民携手，干群拼劲；中央施救，合力增防。心系苍生，情牵泽国，力挽狂澜央视彰。禺甸稳，党旗愁云扫，讨逆穿浪。

2021.7.22

清平乐·扬州抗疫必胜（新韵）

疫疠熙攘，一改扬州样。检测核酸成景象，出入血压量上。

迫使魔道逃荒，广陵全副武装。伏案擒鳖捉月，全民除孽抓狼。

2021.8.14

渔家傲·长征（词林正韵）

扫尽乾坤污秽血，晨霜万里肝肠烈，炮震乌江掀虎穴。歌声彻，誓言长翅千山越。

烛酒一杯诗意悦，劳模筑梦春融雪，烈士抛头千穗结。顽凶灭，梦圆华夏千秋月。

2021.7.2

鹧鸪天·《伟大征程》观后（词林正韵）

烟雨南湖一百秋，精英觉悟最风流。剖肝沥胆艰辛付，旭日东升岁月稠。

风雨路，雪霜舟，初心牢记小康收。扬帆再把辉煌铸，圆梦东方不寄愁。

2021.7.2

浣溪沙·觉醒年代（词林正韵）

如苇红船济世航，投身伟业谱新章，觉醒时代露锋芒。

舞动锤镰谋福祉，严明治理变康庄，巍巍功业必留芳。

2021.7.3

沁园春·建党百年（词林正韵）

五岳苍苍，黑水茫茫，百载波澜。闹农工革命，一声炮响；送来主义，振荡云端。黑色幽灵，京城乱窜，评论湘江波浪宽。待明日，愿雄鹰翔宇，主宰蓝天。

前来收拾河山。敬独秀泽东与众贤，聚首红上海，忠诚赤胆；密登湖上，驾驭红船。突破金沙，泸桥飞夺，大浪淘沙赋美篇。济沧海，建东方世界，五彩斑斓！

2021.6.30

沁园春·不忘初心（词林正韵）

中华腾飞，几经沧桑，唐遗墨香。走复兴之路，丝绸共建；情倾华夏，再创辉煌；抓铁留痕，脱贫致富，盛举齐襄奔小康。展鸿景，施惠民德政，凝聚能量。

飞舟逐梦翱翔，崇文尚德兴振耀邦！忆繁森裕禄，为民吃苦；俊波文秀，赤胆铿锵。航母神舟，披榛强者，耀我中华固海疆。看今日，赞初心不忘，使命担当。

2021.6.30

鹧鸪天·诗援西安（词林正韵）

勠力长安苦战冬，白衣鏖战气如虹。鹿原千载多奇事，除恶骊山斗志浓。

城控防，影存踪。三秦利剑战顽凶。神州日暖花开日，必斩妖魔再立功。

2021.12.26

水调歌头·嫦娥五号奔月（词林正韵）

亘古觅神月，揽梦见芳容。五星旗帜飘逸，仙阙映绯红。探测环球瞩目，情动炎黄万众，嫦娌展雄风。采样踏天路，惊险卧蟾宫。

穿云雾，仙女返，似醉中。携回月壤，神箭穿越胜神龙。姮妹功成献舞，刚弟虔诚煮茗，摆酒敬英雄。高唱凯旋曲，后羿叹奇功。

青玉案·辛丑年夏救灾抗疫（词林正韵）

凌波荡漾春如故，雁鸟叫，听蛙鼓。尽赏罗囊随柳舞。玉池惊艳，墨浓难赋。灾患开封路。

时光滟滟狂飙诉，水患河南毁堤树。最恨台风蹂躏苦。浙江凄厉，疫情觉悟，军队人民顾。

2021.8.9

江城子·园丁吟（词林正韵）

熊山脚下育书郎，气轩昂，血贲张。格物致知，雨露润辉煌。三尺讲坛心慧献，言正道，赋诗章。

满园嘉树李芬芳，笔飘扬，鬓如霜。弟子三千，发奋凤池香。喜见桃花多少梦，秋果硕，胜春光。

2021.9.7

江城子·烛光颂

十年磨剑砺锋芒，孔朱旁，撰千章。疾笔丹心绝处嗅诗香。纵使前程多跌宕，披荆棘，笑风霜。

只图明日写金章，满弓张，刺天狼！学子挑灯，看剑把头扬。驰马飞花新意酿，追鸾凤，伴龙翔。

水调歌头·老师咏（新韵）

青春几时有？育李勿踌躇。却观白发频添，今日拓生途。你为前程拼去，一路星辰共舞！高处系金窟。未见汗滴土，何处论诗书？

潜斋阁，钻题库，困诗屋。不该有憾！壮志清北耀曦途。满眼离骚元曲，遍地李白杜甫。天下共耕读，愿望皆实现，济世一名儒。

渔家傲·步毛泽东反第一次大“围剿”韵

万代功勋添烂漫，中华建立惊霄瀚。谋利人民遐迩传，神州叹，开国领袖千秋赞。

日寇顽凶消灭散，红旗卷起农奴战。浩荡雄狮千百万，蒋匪颤，天安门上呼声暖。

蝶恋花·回京过年看奥运

奥运来临心已沸，四海宾朋，竞技排成队。风剑冰刀镶雪里，雄关漫道居庸翠。

友谊花开燕勒计，滑道飞车，虎健呈青卉。五色旗儿甜梦醉，燃烧圣火京城美。

沁园春·北京冬奥会开幕（词林正韵）

梅雪争春，延庆传炬，达岭粲然。望鸟巢内外，鸿惊幽燕，旗升焰灿，寒意追先。四海嘉宾，八方健将，再撰恢宏气势篇。深情铸，看群雄逐鹿，情漾冰天。

五环圣火正燃。尤陶醉生威瑞虎年。聚五洲智慧，外邦首脑，德邻佳客，俊友盈千。冰上争银，雪中夺冠，尽览飞轮花样鲜。今奋起，喜华夏儿女，荣耀翩跹。

卜算子·奥运开幕式

步周文彰会长《卜算子·一起向未来》韵

最艳五星旗，无愧中华杰。竞技谦谦北京城，独爱玲珑雪。

五环耀神州，情意难分裂。丝带连心报春来，玉宇梅魂热。

附原玉：

又展五环旗，旗引人中杰。抱梦驰奔古都城，独爱寒冬雪。

四海本相连，唇齿何能裂。风雨连心向未来，世上同凉热。

喝火令·冰雪追梦人（词林正韵）

沐浴心灵雪，娉婷万古风。散花天女梦如虹？冰倩绰姿娇媚，灵韵摄魂丰。

意醉仙娥貌，神飞利剑疯，请缨欢唱蕴情浓。独醉芳容，独醉雪朦胧。独醉袂裾飘动，赛道舞祥龙。

本诗发表于中华诗词学会第五届高研班《诗海拾贝·第 15 期》。

下党赋

下党者，寿宁县下党乡也，古时谓曰党川，缘于溪水川流不息而得名。位于闽东与浙西交界处。常年云雾缥缈，青山如黛，风景如画。层峦叠翠，碧水流淌，黄墙黛瓦，青山绿水相映。这里贫困如大山围困、似重石压心。有“三怕”：一怕生病，二怕挑化肥，三怕养大猪。“下党这个地方，我来了一次，一辈子都忘不了。下党不摆脱贫困，我们就愧对乡亲父老。”时任宁德市委习书记三进下党。

一进下党，翻山越岭，现场办公，访贫问苦。一杯草药茶，一碗绿豆汤，一程连心路。习书记协调筹措了 72 万元，修建公路、通电照明、改善办公条件，乃摆脱贫困启动资金。滴水穿石故事开启！

二进下党，正遇洪灾，冒雨抗灾。给村民每户发放了 1500 元救灾款，部署灾后重建。洪水无情，大爱为堤。一句“要坚强起来”温暖每位下党人的心。

三进下党，带领省直各部门领导来支持下党，马上就办。为乡里修桥铺路发展生产拨了 100 万元。他跋山涉水，三进下党，现场办公下基层、调查研究下基层、信访接待下基层、宣传党的方针政策下基层。这个“四下基层”制度在闽东蔚然成风。

曾闻寿宁下党乃“五无”乡，即无公路、无自来水、无电灯照明、无财政收入、无政府办公场所。朝迎山村风寒，夜伴泥瓷灯盏。有“三宝”：地瓜当粮草，棕衣当被倒，火笼当棉袄。穷到“衣不蔽体、食不果腹、房不遮风”。九山半水半分田，春风吹起攻坚梦：闽东大地，脱贫奋战。踏石留印，实学当头，干字为先，三进下党，践行诺言，救灾之行，牵挂之行，久久为功，弱鸟先飞，滴水穿石。山头绿了，电灯亮了，道路通了，衣食足了，实力强了，县级财政收入是当年的100倍。青山如黛，绿水长流，大好河山，广阔领域。30年的扶贫攻坚，穷山僻乡，走出一条百姓富生态美的发展之路。党建引领扶贫。

诗曰：

彪炳千秋铭史册，庄严承诺未失言。
万民就此摘穷帽，百姓如今获富源。

扶贫济困，治国安邦，屈原感喟，哀艰太息。杜陵憧憬，广厦寒门。不忘初心，为民使命，引领江山满目春，干群齐力攻坚战！中华之梦，沧桑巨变，绝世功勋。巍峨青山与绿水缠绵，木拱廊桥横跨其间，形成了“廊桥、流水、人家”的美丽乡村。

看得见山、望得见水、记住乡愁。三十年久久为功，因地制宜，弱鸟先飞，精准发力，滴水穿石，昔日的“靠山吃山唱山歌，靠海吃海念海经”，如今“撸起袖子加油干，一张蓝图绘到底”。经过不懈奋斗，“天堑变通途，旧貌换新颜”。把心贴近人民，奋斗出幸福。

曾几何时，群山巍巍，沧海茫茫。交通闭塞，穷乡僻壤。与命运抗争，和天地较量。冯梦龙曾在寿宁当过四年知县，他说寿宁是“县在翠微处，浮家是锦棚，三峰南入幕，万树北遮城，地僻人难到，山多云易生” 。也就是“车岭车上天，九岭爬九年”，可见此地尽山路崎岖，跋涉艰难，被人视为“畏途”。

晴空万里，日升东方。党系民疾苦，庄重许诺言，脱贫齐致富，共同奔小康；砥砺前行，扶贫在路上；攻坚克难，扶贫先扶智；中华圆梦必复兴。总书记坐镇主战场，扶贫致富布良策；宁德儿女立壮志，南国百姓谱华章。壮哉！治国理政，人民至上。不忘初心，豪情激荡。牢记使命，步履铿锵。欣欣然福泽久远；彩卷翻开，闽东熠熠兮锦绣绵长。

诗曰：

扶贫精准下真功，立志消除世代穷。
砥砺前行肩负重，高歌奋进气如虹。

乡歌僻壤增和贵，下党边村现彩虹。
闽东壮乡欣秀美，中华圆梦九州同！
巍巍寿宁千屏绣，悠悠下党蕴华章。
灿灿宁德后花园，卷卷福建绽辉煌。

鸣呼哉！山高路险困民心，扶贫攻坚英明策，高屋建瓴慰民生。举全县力与智，集全域党与民。闽水谱华章，慷慨歌未央。东风正劲，利箭满弦。感念新时代，不负韶华，撸袖实干，小康终梦圆。阔步豪迈，富美宁德新征程；高歌奋进，乡村振兴谱新篇。

若夫决胜小康，共奔富路。倾情扶贫，世人注目。诚乃弱鸟早飞，至贫先富。千斤重担兮大家挑，一人有难兮众人助。百年芳华，初心如磐。是知扶贫宏远，扶志从根。祥云盈门，政策行于九野；雨露泽润，惠农施于下党。是以扶志于不惑，种德于呕心。脱贫促督，厚意殷勤。

2021.4.16

乡村振兴赋

辛丑二月，春潮涌动。京城捷报，脱贫收官。魏静获奖，快意当前。欣喜之际，作赋成篇。

是时也！顺势而为，抟风云之跌宕；凝心聚力，随时代之创新。观其魂兮，优秀农耕文化；读其韵兮，美丽田园风光；认其形兮，文化村落民居。科学种植、机械耕耘，领风骚而灿烂；街歌巷舞、明楼绮户，开气象以欣荣。

华夏五千年，文明垂史；纵横十万里，分野连疆。盛哉今之乡村！旷荡山原，星罗村寨；纵横衢陌，棋布园庄。望刀耕火种之远去，尽随尘烟而散；观箪食瓢饮之不传，唯余古韵攸藏。前掀扶贫开发之波澜，后绘乡村振兴之画卷。农业高质高效，乡村宜居宜业。

然则放眼于今，蕴生机而浩然者，春风未老！致小康以全力也，国梦待圆。心要净化，屋要亮化，路要硬化，山要绿化，村要美化。化智慧以为诗，托勤劳以为画。共护诗画万丈湖，同筑百年乡村梦。寻梦田园风光兮，情醉油菜花海哉。携手改变旧环境，共建人居新农村。

生态发展，共育虾稻万丈情，公益服务，志愿人人一枝花。登录万丈湖，下载田园美。念山板栗油菜展风采，石圳紫薇白茶添助力。诗城兴旺兮，地灵人杰，直追先贤。与国同运兮，集借东风，气象万千。继往开来兮，复创辉煌，再谱新篇。看如今水泥路，村村连，家家通；宽阔而平坦，清洁且美观；晴天少灰尘，雨天没泥泞；静卧两山间，依山而蜿蜒；时而伴清溪，时而跨山涧；若要富，先修路；惠民生，宜家居；老百姓，享清福；交通多便捷，信息很灵通；想到哪里快上路，康庄大道把你引。调结构，种大棚蔬菜；兴产业，促特色养殖；增效益，栽山地苹果；促增收，建中草药园。

嗟夫，五彩缤纷兮绿野飘香，赏心悦目兮小桥流水。盼乡村振兴，农业强，农村美，农民富。农发行因农而生，据乡村而立，施惠农之策。携粮食安全、脱贫攻坚任务于一身，故乡惊天变化兮，坝筑大江成湖兮，碧水荡漾清澈兮，青山延绵逶迤。八千里神州江河行地，四十年奋斗日月经天。

诗曰：

长江从来天堑兮，大桥江面耸立。

机场建于山巅兮，金鹏翱翔云曦。

开山架桥新建兮，高铁将通在即。

新城建成江畔兮，个中万千创意。

脱贫增长经济兮，淳朴民风尚礼。

一片笙歌繁华兮，彰显百姓生计。

百万乡村共风妍之无尽；亿兆黎庶同惠泽之绵延。抱精卫填海之志，披荆斩棘；秉焦公治沙之心，决胜小康。壮青山绿水之宏猷，承乡村振兴之远惠。山乡水寨，沃野联埂于芬芳里；草场牧田，明珠缀锦于白云边。沃野平畴，渠塘密布，不愧鱼米之乡；层楼别墅，鳞次栉比，不废干群之功。朵朵白云慢慢飘，天空蓝色透今朝。尘间绿化山川秀，大地新妆醉玉娇。山乡水寨，沃野联埂于芬芳里；草场牧田，明珠缀锦于白云边。

斯为幸哉？实为福也！化智慧以为诗，托勤劳以为画。好书记当家带路，好制度落地生根，好资源倾斜下沉。百万乡村，共风妍之无尽；亿兆黎庶，同惠泽之绵延。党员带头，专业合作社唱戏；群众参与，机械现代化耕耘。全民入股，人人见利，老幼齐发力；土地流转，户户分红，善政暖人心。

歌曰：

百香果味又金柑，柚子葡萄再生添。

龙眼西瓜遍地上，橘红熟透更鲜甜。

民强国富山河变，贫去礽来世事臻。

华夏复兴圆梦日，神州锦绣艳阳春。

2021.4.8

盛世中华赋

——庆祝建党100周年

昭昭有国，名曰中华。煌煌九万里疆土，赫赫五千年文明。巍巍禹甸兮山岳壮丽，泱泱大国兮江河浩荡。珠穆朗玛之巍峨，万里长城之绵亘，布达拉宫之圣洁，乐山大佛之气宇；泰山之雄伟，华山之险要，黄山之奇幻，庐山之幽静，峨嵋之峻庞，洞庭湖水淼。崛起登世界之巅，荣耀入民族之林！

戍山河以生繁衍，守宗庙而醉先祖。国之盛者非强霸，道之大者德与同。嬴政千古之一帝，大汉威声之远扬，唐朝盛世之荣耀，康乾王朝之强旺。

孔孟学说，嘉言善行；诸子百家，星斗文章。唐诗宋词，万世之名。诗经悠绵，楚辞哀婉。汉赋雍容，相如笔如龙泳；唐诗盛壮，太白气若霞开。

然清政府腐败无能，国民遭殃。惨乎，洋枪利炮打开国门；悲矣，南京条约蒙耻割地。英法联军，火烧圆明，掠珍劫宝，杀戮良民，罪迹滔天，丧尽天良。

多灾多难中华龙，血雨腥风中挣扎，流离失所中呼号，饥餐露宿中苟活，水深火热中煎熬。

浦江破晓，红船启航，播撒一路黎明；红霞映天，镰锤交辉，砸断千年锁链。南昌枪响武装工农，井冈烽火唤起民众，长征跋涉播撒火种，延水欢歌聚汇栋梁。十四年抗日驱倭，挽民族于危难，四载溃蒋击奸，救国民于水火。

《黄河大合唱》唤起民众心之怒吼，《义勇军进行曲》筑民族血之长城。洋洋乎，英雄豪杰，各显风流；浩浩乎，大师巨擘，声驰万里。一朝朝的蕴含积淀，一代代的扬弃继承，中华文明，薪火相传，踵事增华，万古留芳。朗朗乾坤，草偃风从，鼎玉龟符，民安国强。

“一带一路”百余国家同合作，亚投银行百余成员互连通。九州涅槃，霸国张惶。屡衅我海，离间邻邦。诽谤清名，欲裂疆土。图亡华夏，介以称雄。

噫！儿郎勿惮矣。观荧惑而芒哀，知美帝之运尽；已掣世财，更妄共主天下；羁縻欧陆，又欲肆其西封。“中国人民从此站起来了”，天安门城楼巨人声震寰宇。

钱学森、钱伟长、钱三强、邓稼先，两弹元勋，颠乾倒坤；杨振宁、丁肇中、朱棣文、李政道、李远哲、高锟、屠呦呦、莫言，诺贝尔奖得主，举世敬仰。

十四亿国之合心，五十六族之同梦。潜艇游弋龙宫，利箭呼啸长天。雄安新区，粤港澳大湾区，项项大手笔，出手不凡；件件大投入，举世翘望。

神舟飞天，骄子傲视于苍穹；卫星奔月，嫦娥蟾宫迎来送往。紫荆花荣归，莲花喜回，民族团结，无可阻挡。“一带一路”，世界经济发展的中国方案。

政治昌明，关注民生，全面小康。中国人民天塌地陷兮决不弯腰，大无畏抗震精神兮直冲云霄。万众一心众志成城兮毫不动摇，团结一致牢不可破兮人皆舜尧。中华民族国魂呈现兮天日昭昭，中华儿女龙的传人兮万分自豪！

新时代新征程，壮志凌云，中华冲天腾飞，笑傲苍穹；江山就是人民，人民就是江山。大中国霁泽季兴，续谱华章！巍巍泰岱，莽莽昆仑；浩浩长江，峨峨长城。炎黄骄子，龙胄后人！富强之梦，复兴之梦！

兴我中华兮，走向辉煌！万邦咸宁兮，祥麟威风。坚若磐石，屹立东方。幸哉，大爱中华！美哉，盛世中华。

2021. 4. 1

新强弱赋

壮哉，赫赫华夏。先民开疆，筚路蓝缕，繁衍生息，初则洞为穴，石为具，皮为裳。长达亿万年之久，民族融合，俊秀芬芳。盘古奠乾坤，混沌出三皇；强弱相对，亦可转化。运筹帷幄之中，决胜千里之外，是谓强。是故百战百胜，非善之善也；不战而屈人之兵，善之善者也。

生而强者不必自喜也，生而弱者不必自弱也。目不明可以明，耳不聪可以聪。坚硬者未必强，柔软者未必弱；硬者往往不能持久，柔软者往往能持久；坚硬的东西属于死亡一类，柔软的东西属于生长的一类；《道德经》言：

天下莫柔弱于水，而攻坚强者莫之能胜，其无以易之。弱之胜强，柔之胜刚，天下莫不知，莫能行。

弱胜过强，柔胜刚，刚必然受折，强必然易败。

老子《道德经》曰：

持而盈之，不如其已；揣而锐之，不可长保；金玉满堂，莫之能守；富贵而骄，自遗其咎；功成身退，天之道也。

秦王扫六合，一统江山；行同论，书同文，车同轨，设郡县；千古一帝，大国风范，武功莫大焉，应为最强！但秦皇帝焚书坑儒、大兴徭役，以强权治天下，死后而地分，文治得分则不高。刘邦本是小吏。靠聪明才智和众人的辅助创立了大汉基业。但他行分封，大封刘姓子孙为诸侯王，终酿成七国之乱！知人者智，自知者明，胜人者有力，自胜者强。弱胜过强，柔胜过刚。

昔吴下阿蒙，创造了“士别三日，当刮目相看”的佳话，点燃了无数弱者通过勤奋变强的希望。旷世天才伤仲永，天生的强者，却因荒于学业从而“泯然众人矣”。周星驰“生而弱”，当了三年的杂役、跑龙套，但他忍辱负重、刻苦努力，最终成了“强者”。

强者不能因强而自傲，故步自封；弱者不能因暂时失利而自怨自艾。“勤自锻炼，增益其所不能”。夫强不自强，因弱以奉强；弱不自弱，因强以御弱。夫金者，天下之至刚也；水者，天下之至柔也。金虽刚矣，折之而不可以续；水虽柔矣，斩之而不可以断；则水柔能成刚，金刚不辍其弱！

嗟夫！中华民族，历尽苍桑。百家争鸣，雄才辈出。秦皇中国一统，唐宗千秋颂扬；成吉思汗，欧亚称强；诸子百家，和谐万邦。楚辞汉赋，千载风流，唐诗宋词，万古流芳。张骞出西域，丝路古道，仁爱四方；郑和下西洋，融合千古，润泽福壤。天行健，君子以自强不息；龙步高，英雄永在奋发图强！

改革开放，扬帆远航。脱贫攻坚，国富民强。特色道路，旗帜高扬。港澳回归，逢迎丹阳。“一带一路”，世界新潮之风光。抗疫情，谋发展，大国责任勇担当。五岳高歌，不忘初心，复兴路上迎曙光；四海长啸，雄关如铁，赓续撰写新鸿章。

看神箭飞天，取回月壤；火星探问，细察海床。美哉中华，寰球地利，坤舆担当。凯歌以赴远，风流而倜傥！

巍巍兮，堂堂大中华，神州春浩荡，厚德载物万重光；泱泱兮，弱手以赋强，心中藏伟梦，万世俱荣昌。

2021.6.9

袁隆平赋

五月小满，候农秋至。湖南长沙，骊歌送别。鲜花成海，川流不息。先生驾鹤，九域同悲。稻父精神，苍生福祉。缠绵阡陌，缱绻德彰。济世良知，百世流芳。

诗曰：

噩耗凭空兮忽降来，皇天泻泪兮地悲哀。
闻知国士兮作千古，长恸高贤兮赴夜台。

当代神农兮，杂交水稻惠寰球。田间写意兮，禾下乘凉素志酬。一腿泥浆兮融大爱，满头霜发兮浸宏谋。粮丰廪实兮功勋硕，痛悼隆平兮泣泪流。从河姆渡的谷仓，到良渚的水田，从国徽上镶边的剪影，到广袤大地上拔节生长，风前育种谁怜苦，泥里栽苗况是辛。自许眼中皆醉客，不教天下有饥人。稻子是生活是希望，是文明的基石，有了它才有繁花似锦，人间烟火。

大饥荒中，途有饿殍。不堪回首，饥饿难受。他见到人们饿极了什么都吃，草皮树根，自己在梦里吃扣肉。于是：

心系苍生，汗滴挨饥。稻田增产，人类救星。
慈悲大德，永垂英名。稻菽千重，立德立言。
一生如此，老而弥坚。禾下乘凉，禾已五尺。
不久之后，必定参天。先生之言，芝兰芬芳；
先生之行，高山仰止。景行行止，尊为稻神！

词曰：

最是无情梅子雨，与泪同来，滴滴都酸楚。漠漠稻田悲白鹭，司农老者知何处。

九阙有人还饿肚，急召先生，去把神农辅。率土黎民都受祜，稻花如雪香如故。

小满初圆禾下凉，袁爷何故鹤西翔？总思稻比花生硕，不道泥如夜梦香。心志生根泥土，情融万顷绿浪。稻穗凝结华章，灵魂酿造稻香。禾下乘凉梦，餐中得兴游。田间频报捷，稻浪没荒丘。少年怀绮梦，济世救民荒。汗洒田畴里，功成海内扬。

呜呼，斯人已逝，生者如斯，长歌当哭，幽思长存。悼念您的情再浓，怎比得上稻花的芳香？杂交水稻的米粒，增添了中国人的力量！民以食为天的古训，记载下神农的光芒。

从此以后，碗中有米，心中有您。14 亿人对您的敬仰，就是一道坚固的城墙。

2021.5.25

中华清明赋

昭昭日月，渺渺星汉。昆仑巍峨，黄河浩荡。轩辕立国，华夏大光。先辈褴褛，今人行健。后人伏拜，我祖尚飨。帛化干戈，炎黄结盟；黎民生息，民族大昌。

暮春四月兮，满园春色；漫山遍野兮，紫荆杜鹃；晴空朗朗兮，丝丝流云。清明，祭祖扫墓，感谢恩人。介子推，柳树下，血书藏；感晋公，清明节，爰于生。

嗟夫！或彪炳汗青，寄泰山之厚重；或承先祖之大业，继往开来。屈原上下求索，于谦清白自律，岳飞报国尽忠；介子推殉身存气节，文天祥丹心照汗青。追思前贤，缅怀先烈：李大钊铁肩担道义，方志敏清贫报苍生，焦裕禄鞠躬尽瘁，孔繁森雪域舍生！科学家呕心造两弹一星，更有俊波樵夫精神、昆仑英雄风采，让我中华扬眉吐气、繁荣清明。

壮哉中华，乾坤朗朗。国力宏勃兮光灿寰宇，民心齐荟兮奋发图强。盛会十九大，不忘初心，砥砺前行。脱贫攻坚，全面小康。扫黑除恶，惩贪治腐，海晏河清。清明佳节兮，祭祀与感恩并行；云淡水澈曰清，日月同辉谓明，天祥地瑞、政通人和，清明也。

今逢盛世，又值清明。与春勃发，豪迈诗兴，以此吟诵，再记清明。

壮哉！为天下黎庶谋生存兮，懿范千古。

大哉！为华夏民族开伟业兮，鸿勋赫赫。

2021.4.5

慈母赋

若夫一声啼哭，三更废寝，子一染疾，娘叩医门。奔波十里乡村，燃心香以祈福，盼手妙之回春。安危潜梦，分秒煎心。不顾生活窘迫，含笑面对艰辛。善矣哉，慈母之情！

善哉，古有良妇征战，见于甲骨。孟母之择处；长智修德，孔融让梨。精忠报国，岳母为儿刺字。清廉守法，田母诫子退金。木兰替父，平阳代兄。红玉击鼓，良玉抗清。芈月孝庄，忍辱负重。满门忠烈，佘老太君。

至若近代，鉴湖女侠，慷慨赴死。抗联一曼，陈情遗书。江姐泣血，遗书示子；一曼临刑，念子成人；国母庆龄，追随中山，功在和平。如此大义，国家之幸，无论贫富，德高望重。铮铮铁骨，烈烈英魂。朱母育大德，蜀山碧水青，此乃名著史册，母仪天下者也。

呜呼！吾泱泱华夏，良母辈出，爱子无私。浩浩之日月，光辉耀洒；沉沉之大地，芳香飘溢。惟乎生我之母，大爱无疑。怅望苍穹兮，母之慈祥如佛。

吾母持家，勤于家务，细心缝补。吾母雅趣，心系诗书。大儿家钦，部队进步。二子家为，农村主事。三儿家宁，饱读经书。老四家祝，从业京都。

吾母育儿，立德为主。音容和蔼，春风润物。常曰：授精忠兮当如岳母，谈教育兮该如孟母，传孝悌兮乌雏反哺。

吾母德馨，邻里和睦。待人诚恳，举止贤淑，为人大气，高洁风骨。不言闲语，宽容大度。

武夷山赋

“这边是山，那边是海，多看一看！”

——序

闽北河山，美哉武夷；天秀东南，地接闽赣。天游高迴，丹霞地貌；九曲蜿蜒，峦峰萦迴。烟霭缈缈，穹崖虚幻；钟灵毓秀，朱子玄理；访谒名区，霞客胜迹。山带诗情，柳永吟涛；水透寒绿，伯纪画归。

奇耶！秀哉！“桂林山水甲天下，不如武夷一小丘。”旅者霞客叹道：河口水自分水关，始胜重舟何壮壮。临此之境，辨识世界文化、自然之双遗，宁不心旷神怡、神采奕奕乎？

若夫赤岩神美兮，玉女婷婷，大王巍巍，云窝瞰溪，天游览小，三十六峰竞奇妙。游龙戏珠，探龟闹水，九曲溪流夺灵巧。或曰绿水透迤绕，竹筏交错摇。曲曲山萦回，峰峰水抱娇。天造武夷兮何妖娆？渔舟放排，竹点清波情自在；奇隙探幽，疑诧鬼斧有神工。绝特之观，则有幔亭之麓、天柱之峰。步烟霞之岑寂，仰神仙之有无。

观夫天下之圣地，唯有武夷秀拔东南之头筹。一片净土，无数绿丘。鸟兽花草，皆俱风流。山石舒缓俊雅，草木秀丽温柔。涧下深潭，峰上高楼。夜听竹林，昼观灵猴。雾海云天，竹排扁舟。若夫置身其中，必有神清气爽来酬。

山路宛转，十步内必生异象。物种丰富，一丈外即有别样。一代名茶，武夷祖根。制艺之秘，千载传承。新人一辈，继古开来，挟历史之底蕴，创时尚之新美。武夷大气，千茶斗艳，万众咸集；谋当代宏图大略，筑今日文旅生机。

天游峰，云遮雾绕千尺泉。瘦竹婀娜摇曳，峻峰巍峨悠然。毫木依坡望月，巨石临崖摇船。深潭鳟鱼去驻，幽谷云燕来穿。石上草生，树下菌鲜。危峰剑立，直插云端。圆山禅坐，状若毛团。山乳名茶，水育幽兰。石峰如画，天然墨翰。林中珍禽，壁上悬棺。仰天长啸，气顺心安。

阳春四月，雨来烟迷，风起无尘，水若酒醇。叶落而无感伤，花开恰如红唇。树高不负地苔，水深可容金鳞。看百花之妖娆，尝万木之清新。产百世之佳酿，生千古之能臣。览魏子之遗躅，访刘公之旧庐。东周北诞儒术孔丘，南宋南生理学朱子。释家天心，真元洞天，闽邦邹鲁，诸学圣坛。李良佐建观参道，柳三变词坛挥毫。范仲淹斗茗品韵，翁藻光扣冰古佛。茶博会陆羽邀神农，影视频印象大红袍。

嗟呼，武夷乃灵秀之地，集五湖之神秘，迎四海之来宾。

诗曰：

武夷山秀客皆痴，地理人文两世遗。
九曲溪流生九趣，千丛翠竹有千姿。
茶香石上红袍宠，学院名高历代推。
若想幽明都眷顾，和风化作树梢鹂。

人醉三姑梦里茶，红袍秀水度年华。
小楼似燕迎春雨，幽谷如壶煮晚霞。
风起烟回星使路，山阴雾种大王花。
回眸驴友屏中事，印象归依玉女纱。

武夷精舍，又称紫阳书院、武夷书院、朱文公祠，位于隐屏峰下平林渡九曲溪畔，是朱熹著书立说、倡道讲学之所！秉天地玄黄之造化，誉世界生物之天堂。其山也，崛起于江右之东南，蜿蜒于赣闽之界关。隐屏峰麓九曲旁，朱子精心建院房。倡导学风勤教育，书声琅琅自芸窗。

嗟呼！山水画廊，古津新埠，叹为观止，四海仰鳞。古居煮酒论道，竹排放歌传说。夫何武雄天下，夷旷万般。自然世冠，物种万千丹霞亿年。文化世遗，释道儒理源远流传。

噫吁兮！双遗问鼎冠世辉邦。云凝涧流银浦，风生峦谷角商。生长武夷，情怀茶香，恭疏短引，诵吟抑扬。

2021.4.11

古田会议赋

“古田是我们党确立思想建党、政治建军原则的地方，是我军政治工作奠基的地方，是新型人民军队定型的地方。”总书记在2014年10月31日在古田全军政治工作会议说的这段意味深长的话，至今让人心潮澎湃。

——序

行走古田，总有一种萌动轻叩心头，那是初心的呼唤！行走古田，总有一种震动撼击心底，那是使命的召唤！俯瞰古田，会议会址醒目生辉，青瓦白墙，背倚翠林，古朴庄重，“古田会议永放光芒”八个大字熠熠闪耀！

春秋代序，历岁月以砥砺；前赴后继，举星火而起航。诚乃嘉兴南湖，中共开天辟地；锤镰光耀，旗帜一路飘扬。上善古田兮，南国之沃壤。物华天宝，人杰地灵。开元置县，荜路蓝缕，青田犁灌；民务稼穑，地衍田广。古田会议，制定军纪党纲。长征万里，踏遍艰险蛮荒。猎猎旌旗，迎风招展；星星之火，播撒光芒。

噫！清新古田，民风淳正，世代耕读，大化咸章！刘疆拓主，誉弥八荒，玄宗开颜，宏启其昌。熹公设塾，布道溪山，程朱理学，曲水流觞。天下师表，正健可堪，傲立庠序，彪炳宜昌。心陶家国，辉耀华光，金翼飞天，堪为绝唱！

人文古田，君子若兰，岁岁年年，弥漫芬芳。山水古田，亦著胜场，三山崔嵬，二水嫵婉。最是翠屏湖畔，改革春风绛帐，昔日心中戚戚焉，今时胸内粲粲然。历史天空兮，星光璀璨。黄钟大吕，不绝回响；英雄志士，仰止高山！

时代古田兮，阔步奔小康。食用菌之都，盈满正能量。文体水电侨，咸为云计算；古法炮红曲，家酿类杜康；剑溪金水溪，渔舟乐唱晚。闻不完，莪洋水口溢酒香。最是如今好景致，惠风习习忒流畅！两个百年，描绘宏图愿望。一带一路，合作共赢而利益同享。于是乎携手世界，高奏命运共同之交响。

嗟夫！承盛世兮欣惠政，沐和风兮谱佳篇。能自强兮可承志，唯厚德兮堪载物，前程若青鸾！有诗赞曰：由来耕读可传家，此地犹能醉碧霞。曩昔井冈山会师，雄风即起；红四军建制，宁冈铭勋。工农武装割据，于斯乃奠；秋收南昌起义，至此连根。殊途同归，舍生取义；军号嘹亮，固圣地于同心。唯绳之以原则，方胜之于强敌。

既而幕启古田，会开殷正。令行禁止，传中央之精神；除弊纠偏，定红军之戎政。报告决议，确定实行；政治建军，由此贞定。融民主与集中，肃匪阀之本性。明确部队之本质，服从党章；树立领导之核心，担负使命。党指挥枪，是胜利之保证。华夏承休，民族何幸。挽危厦之将倾，救民族于觉醒。赞其古田精神，中华戎规。煌煌纲领，赫赫丰碑。

百年不泯于史册，千秋何愧于军徽。以此建军，一戎可战？古田山水之雄，当时可见；神州军旅之盛，时代凌威。继有主席重游，重申党风谨记；世代敬仰，缅怀先烈可追。圣迹犹存，见证革命历史；原则不忘，高擎我党旌麾。秉此精神在心，八纮可驭；坚执长缨在手，九域何危！

至于南湖红船劈浪，诞生党之摇篮。秋收起义，建立农村根据地；三湾改编，确立军队领导权。八一枪声，革命武装之序幕；锤头镰刀，工农红军之源泉。井冈会师，壮大武装之力量；古田会议，建党强军之宣言。十四年抗战，血沃华夏山川。三大战役，军民沥胆披肝。推翻三座大山，解放思想；完成土地革命，划地分田。立党为公，筚路蓝缕；铜墙铁壁，江山安澜。

至若改革开放，革故鼎新，德配天地，日月精明，盛世太平。观夫世界变局，风云激荡。韬光养晦以圣德怀柔，卧薪尝胆而仁心宏旷。三严三实，牢记使命以初心不忘。“一带一路”，合作共赢而利益同享。

嗟夫！南湖之畔，红船摇曳，锤镰光耀，旗帜飘扬。中华站起，气冲斗牛正道沧桑。一星两弹，将身许国元勋担当。浦东雄起，东方明珠傲风霜。北京奥运彩云祥，皇城根下闻铿锵。

走进新时代，再续新华章。开来继往，掌舵举纲。四个全面，布局有方。亿万军民齐协力，共同奋斗奔小康。精准扶贫，改天换地在山乡。神舟探秘，天宫开设大课堂。

优秀文化，四海飘香。建党百年成伟业，传承世代更荣光。宏图再展九州域，日月乾坤祚永昌。撸起袖子，大纛高擎。两弹一星，南水北调；嫦娥奔月，蛟龙探宫。港澳回归，北京奥运，鏖战疫情。脱贫致富，仙鹤舞而落飞鸿。立党为公，改革以廉洁清正；不辱使命，强国而海晏河清。

噫嘻！ 百年建党，万年荣光。千里之行始于足下，万兆民众乃立党之本；齐心协力力争上游；携手自强比肩而行，昂首阔步走向辉煌。百年大党屹立于天地，民众救星皓比于朗月；五十六个民族，同步入全面小康；贡献中国力量。

妙哉，红船初心，代表最广大人民群众之利益！伟哉，民族脊梁，全心全意为人民服务！

壮哉，百年大党，铮铮誓言不变，丰功伟绩，光耀万代，扎根民众，既寿永昌。像春雷滚过头顶，如春雨沁入心田，会议旧址依旧，草木已是新枝。今日古田展新枝，明日古田更辉煌！

诗曰：

昔日山坳曙光照，今朝河山尽舜尧。
党指挥枪宗旨烁，八一军旗永扬飘。
万源祠里星火燎，隆冬驱走春意闹。
古田会议光芒耀，人民江山万古牢。

2021.4

南湖红船赋

红船者，嘉兴南湖上的一艘小船也。为当年中共“一大”之会场。

——序

以一条小船而造就大党九千万，吞吐岁月近百年。曾有绝代英豪，无双国士。选址嘉禾，遂成圣地。于焉南湖烟雨，指点万里河山。我们走得再远都不能忘记来时的路。感恩撰写《红船赋》，滚滚江涛共抚筝。

长江黄河西复东，岁月匆匆换旧容。百年华诞何所寄？一赋《红船》破时空。日月无私照，马列有来踪。谁救黎民于水火？谁除暗夜迎彩虹？

烟波浩渺，风雨南湖，有一叶红船漂荡；肝胆赤诚，言辞激切，有十三志士激昂。秀水泱泱，红船伫立；化曙光而辟路，挽民族而抗争。南陈北李，引马列而传经。女凤男蛟，觅路而上刀丛。

红船如剑，斩断浪而行。曙光一射，寸寸殷红！南昌起义，星火漫于乡城！井冈立鼎，红旗漫卷西风！马潇潇兮，倭蒋横扫驱虎豹；路漫漫兮，关山踏破万千重！

天安门上春雷震，脱贫致富绿葱茏。金水桥边，振发历史之浩叹；天安门上，激越毛公之宣言。国歌唱义勇军之曲，礼炮开共和国之元。开放改革，引活水而致富；一国两制，迎港澳而归宗。烈焰熊熊，化蝶而扑天火；洪水滔滔，舍命而筑长城！庚子天灾观世界，肺冠一疫天两重！黄鹤楼上歌一曲，环球凉热期大同！

曙光朝朝起，花木岁岁红。工农十亿众，载酒五洲同！初心不敢忘，大业路还长。轻烟漠漠雨疏疏，南湖红船载千钧。登舟望湖，叹烟波浩渺，知来路之修远；抚舷临风，望峰回路转，更觉任重路长。集众志之成城兮，勇往直前唯恐后；斩新冠于当下兮，降妖除魔各争先。

一身肝胆，扫阴霾于碧落；周天澄澈，还霁日于人间。五千年风雨，中华民族更和顺致祥；一世纪春秋，百年大党恰年富力强。担当使命，披荆斩棘；圆梦中华，扶贫攻坚。

红船红船，遥想当年千帆竞，金戈铁马曾渡江，后又杀条改革路，船大掉头破冰坚；再后来，船到中流，壮士断腕；反腐倡廉，船借水力，水助船航。建党如同造船，同舟共济聚中坚；治国又如远航，几多风浪几多险。延安窑洞答客问，灯下细说治国方；西柏坡赴京赶考，相约不做李闯王。

呜呼，树高有根，水长有源。南湖红船，年年拜祭，岁岁观瞻。不忘宗旨，续写新篇，辉煌大业，两个百年，中华崛起，国泰民安。千百万先驱，可歌可泣写大爱；五十六民族，同德同心共称雄。亿万忠诚儿女，给党旗添彩；几代领导核心，为红船领航。改革开放，国运盛昌；执政为民，国臻大治；特区崛起，春牛自知勤拓荒，精准扶贫，改天换地在山乡。以人为本，民奔小康。探月工程二步走，北斗高悬辨八方。嫦娥五号回家，“一带一路”共商。红船鼓动长风，一路凯歌嘹亮。

诗曰：

岁月峥嵘恰百年，神州沧海变桑田。
初心使命鲲鹏举，再启征程写壮篇。

歌曰：

红船立党兮，砥柱中流。
百年春秋兮，青史长留。

众志成城兮，复兴伟业。

江山如画兮，福泽千秋。

笃烈以弘毅兮，横槊而腾骧。

大梦纵远兮，砥砺自强。

百折不挠，彰红船之本色。

千难未惧，沁初心以清香。

曲唱：

南湖红船，

那是一艘冲破险滩之船，

也是一艘走向光明之船。

带我们披荆斩棘，踏平了狼烟；

引我们开天辟地，中国梦实现。

啊！红船啊红船！

你承载着党的光荣使命，

建党百年成伟业，日月乾坤祚永昌。

妙哉，红船初心；伟哉，民族脊梁；壮哉，百年大党！铮铮誓言不变，砥砺奋进，伟绩相传，既寿永昌。

2021.3.22

中华文化大赋

中华文化，辉煌灿烂。肇始太古，先民始创。燧人钻木，文明曙光。河图洛书，宇宙垂象。伏羲画卦，智慧之光。轩辕黄帝，垂拱平章。教民稼穑，始制衣裳。仓颉造字，结绳方荒。

周公制礼作乐，彪炳史册；孔圣崇仁尚义，万古流芳。经史子集，浩若烟海无际涯；诸子百家，灿如繁星闪光芒。楚辞汉赋，引领时代风骚；唐诗宋词，谱写锦绣华章。雄狮仰啸，四野八荒兮慄而悚；华族延脉，三皇五帝兮耀以光。

孔圣删定六经之宏文，伏羲演画八卦之奥秘。《三坟》《五典》，华夏始祖之天道；《八索》《九丘》，文明璀璨之绝伦。儒墨法道，百花齐放；老聃李耳，柱下守藏。孔子适周，高山止仰；道德五千，玄奥无量。红楼三国，传世经典；牡丹西厢，千古绝唱。泱泱中华，优质土壤；琴棋书画，格调高雅。五千年之文明古国，沧海桑田；十四亿之香火不息，社稷鼎盛。孔子学院，遍布五大洲；汉语学习热，一浪高一浪。

日月为我祖国做证，风霆为我民族壮行。东方巨人如睡狮惊醒，民族魂魄化火凤涅槃。孔孟老庄，留我儒道经典；秦皇汉武，独领佳传百代。文化兴则国运昌，树立自强自信；文化强则民族盛，雄踞世界之林。诗仙尊飘逸青莲，诗圣属沉郁少陵。豪放词家抒于豪气，婉约圣手发乎柔情。

唐宋八大家倡古文运动，苏门四学士掀文学之风。四大文明兮古国璀璨，四大文学兮巨著灿烂。四书五经汇哲学大统，四库全书集文化大典。《孙子兵法》载入史册，《天工开物》博至典范。

屈子骚、司马史，光照日月；韩柳文、李杜诗，誉满人间；张骞使西域，堪称通交壮举；郑和下西洋，实乃和平使命。笔墨所列，略举大端，百代风流，何可尽述？道家无为清净，墨家非攻兼爱，法家法治天下，儒家礼德操守。

司马迁撰《史记》，通古今之变，终成史家之绝唱；中华历朝重修史，有《汉书》《后汉书》《三国志》，凡二十五史，博古通今何皇皇！“乐府双壁”人称赞，建安七子推“三曹”；田园鼻祖是陶潜，“采菊”遗风见节操。贾谊雄文《过秦论》，气势酣畅冲云霄；“出师”二表名后世，《桃花源记》乐逍遥。辞赋盛行多空洞，张衡《二京》似惊涛；文学批评也兴起，《文心雕龙》真高超。南唐李煜词哀婉，北宋苏轼词壮观；柳永清照属婉约，辛弃疾作《菩萨蛮》。

千秋万古，其道大光。百家诸子，卷轶浩繁。四大名著，永乐大典，四库全书，凤翥龙骧！刚正不阿，留得正气冲霄汉；幽愁发愤，著成信史照尘寰。千古诗才，蓬莱文章建安骨；一身傲骨，青莲居士谪仙人。铁板铜琶继东坡高唱大江东去，美芹悲黍冀南宋莫随鸿雁南飞。世上疮痍，诗中圣哲；人间疾苦，笔底波澜。

犹留正气参天地，永剩丹心照古今。深思高举洁白清忠，汨罗江上万古悲风。朗朗乾坤，堂堂中华。高龄五千岁，繁衍百亿人。儒家思想遍天下，中国瓷器人人夸。国粹京剧美名扬，生旦净末各方长。江山代有才人出，各领风骚数百年。

尊马列为先导，劈荆棘道且长。《新青年》呼唤黎明，《湘江评论》引火种。神舟冲天以星汉增辉，嫦娥探月而月宫未央；蛟龙探海以深究奥妙，雪龙破冰而极地通航。天眼巡天，傲视穹空寰宇；航母巡航，捍卫中华海疆。大风泱泱，大海滂滂。洪水图腾蛟龙，烈火涅槃凤凰。

撰一赋兮，诵国疆。诵我国疆兮，词无量。千年神州兮，土地广。五十六民族兮，立于上。诗经词曲兮，无尽藏。方块汉字兮，渊源长。华夏儿女兮，当颂扬。

美哉，中华文化扎根在人民的心坎上。壮哉，中华文化巍然屹立在民族之林。妙哉，中华文化要自信我要发扬光大。文明圣火，千古未绝者，唯我无双。和天地并存，与日月齐光。

2021.4.2

诗词鉴赏

大自然是一切艺术之母

——品鉴陈圣寿的诗《麻岭巡检司》

有个诗人的墓志铭上写着“我爱大自然，其次爱艺术”，为什么诗人不先爱艺术后去爱大自然呢？很简单呀，大自然是一切艺术之母！那么怎么才算热爱大自然？难道直接喊着“我爱黄山、黄河，我爱长江、长城”吗？不！让我们走进著名诗人——陈圣寿的《麻岭巡检司》，看看他是怎样抒写大自然与艺术的。

虽然只是一副遗存的骨架
却依然雄踞峰巅
占着那么显赫的位置
让一众仰视的人们看到
青天也愿意为它弯腰

白云依附的样子也蛮可爱
其实当年比芝麻官还低两品
但靠山雄伟，来历不凡
最高的命令从九重天能直达关隘
明？还是不明？
那些事儿谁能说得清？

五百年的风刀砍去了压制的屋顶
留下承重的基础

衰草与映山红轮番上场
围绕着巡检司见证一个铁律
上山可以昂首，下山总是要低头的

——陈圣寿《麻岭巡检诗》

他的这首诗共分三节，脉络清晰，结构简洁。

首节叙述精彩，一副遗存骨架，比喻形象生动！青天弯腰，白云依附。拟人夸张，磅礴大气！

第二节提出问题：明，还是不明？谁能说得清？

靠山雄伟，来历不凡，很有深意，“靠山”“来历”让人揣测。山给撑腰，才会硬！最高命令，朝廷有人呀。可比芝麻官低两品，历史迷雾扔给读者。让读者思考。

最后一节：风刀砍去屋顶，好句！风刀之凛冽，衰草与映山红轮番上场，色彩丰富。既有枯萎事物——衰草，又有生命蓬勃之花——映山花。自然的枯盛预示人间的悲喜和兴衰。上山昂首、下山低头！做事要高调，要披荆斩棘，筚路蓝缕，有昂扬开拓的进取之心；但做人必须低调接地气，食人间烟火，不骄傲不浮躁，走稳脚下的每一步。仰望星空与脚踏实地并存，人生哲思！升华主题！

整首诗通透不失睿智，明净又富含“矿质”，既有悲凉壮阔又有盎然生机，写得生猛和澎湃。

英国诗人兰德写过：“我爱大自然，其次爱艺术。”读完这首诗你会再次领悟这句话，诗人是自然之子，他的爱是和脚下的土地，土地上的人、事、物休戚与共，息息相关的。

更可贵之处在于，这首诗把中华民族骨子里的精气神呈现出来了，把麻岭巡检司这一枯燥的，被历史风霜吞噬而仅剩空架的遗物，描写得嶙峋有风骨，发人深省、催人奋进！这首诗有爱，有痛，更有美，他的美就是上山昂首、下山低头，让人大彻大悟。

作者并未妥协于既定的命运，他让麻岭巡检司一直有生命迹象，甚至健步如飞，依然雄踞峰巅，占着显赫位置。作为智慧诗人，无物不成诗。这首诗表面上看波澜不惊，没有神来之笔，其实暗流奔涌，惊心动魄。暗设机关，半天才感悟出来。不愧是高屋建瓴见解高超的哲思派诗人巧妙之作。

2021.10.19 早晨

此时，我在她的诗里阅读远方
——读蔡晓芳的诗《水边女子》等有感

无论是婀娜的《水边女子》，还是愤激的《许多石头把痛憋在心里》《让一切的轻 卸下所有的重》；无论是碎心的《失眠》，还是壮阔的《一匹白马向北》，惊艳之句不断涌现。

每个句子都是一片枫叶，读她的诗，就像骑上强壮的白马在草原上飞驰于冬夜漫长时光中。有人牵着我的手，点燃篝火，看着我“妩媚生羞”！

“水没有骨骼，却能让大片植物站起来”，惊魂电击之句；

“画里汲水的女子，陶罐高过她的头顶”，惊鸿之瞥之句；

“老井没有深度，却让辘轳打捞一生”，发人深思之句；

“凡是被抚摸过的，都是母亲淘气的孩子”，深爱的诉说；

“水纹是陶罐透明的声音，被至纯的月光洗白”，布道禅意；

“许多石头把痛憋在心里”，悲悯深刻；

“让一切的轻，卸下所有的重”，思辩之美；

“高于群山的云朵，是在阐述它的轻”，飘逸出岫之美；

“仿佛枯萎也是一种盛开”，惊醒世间人；

“海水一次次倒退 ，没有内心的落寞，而是一寸寸洗涤自己的魂灵”，哲思之美；

“你的左手端着我的草原，右手举着我的星空”，大气唯美，摇曳心灵；

“有一块疤在身体里喊出伤口”，拟人形象；

“三千弱水，我用一根青丝写成满头白发”，诗意葱郁。

诗中弥漫越来越高的火焰，是你诗意的饱满情感中暗藏的雷鸣和闪电，把我的骨头从身体里抽出来。我正从我的诗里走开，一步步向你靠近，直到被你的诗点着，燃成灰烬！

附：

水边女子

文/蔡晓芳

画里汲水的女子，陶罐高过她的头顶
天空虚掩，阳光伸出柔软的手掌
轻轻地拍了拍水声，芦苇荡就饱满了

源头始终在上游，对岸和村庄水乳交融
水没有骨骼，却能让大片植物站起来
老井没有深度，却让辘轳打捞一生

凡是被抚摸过的，都是母亲淘气的孩子
拨开漩涡的核心部分，一滴水安静如莲
水纹是陶罐透明的声音，被至纯的月光洗白

风一吹，水草、鱼儿
私藏的情绪就开始汹涌
禅定的天空中，云朵却静静敞开

把气质风华镌刻在生命的云翳中

——走进林平的《陈峭抒怀》

一

今夜
我站在这万千年前
火山淬成的村口上
思绪伴着山风飞扬
我，似乎看到了蛮荒时代
树叶裹身的祖先粗陋的模样

那弯曲的
是你青铜的脊背
那裸露的
是你钢铁的臂膀
那吟哦的
是你气吞山河的绝唱

万代的祖先啊
你挑着日月
凿石开山
你枕着风雨
驱豹逐狼

于是，便有了今天
青瓦连着黄墙与琼台接壤
鹅卵石巷拽着妩媚灯光
与岚霞为伴
四面八方的游人啊
匍匐在你起伏的胸膛
演绎火山口上的辉煌

二

今夜
我站在这热气腾腾的篝火旁
神思伴着星空飞翔
我，似乎看到了远古时代
饮血茹毛的祖先低矮的身像

那钻木取火的
是燧人氏的心光
那一竖一横的
是仓颉的手相
那阴阳交替的
是伏羲的思想

万世的祖先啊
你携着青铜与竹简
拨开人世的迷茫
你带着火药与指南
拓出辽阔的边疆

于是，便有了今天

雄起的峭峰

连着鸳鸯弹出醉人的交响

波涛翻滚的云霞

挑逗着多少少男玉女情迷神乱

爱恋溪的青翠婆娑

又沉迷了多少驴行前往

啊，神奇的陈峭，壮丽的山川

——林平《陈峭抒怀》

通读所有写陈峭的诗歌，感觉林平会长写的《陈峭抒怀》略高一筹。诗中赋有浓厚历史沧桑感，文学功底深厚，章节简单但内涵丰富，情感跌宕起伏，让人掩卷深思，触及灵魂!

全诗分两节。先欣赏第一节。

（一）历史沧桑感特强。开篇，诗人一下子就站在久远年代：在“万千年前”，抚摸“火山淬成的村口”，思绪伴着山风飞扬。“看到了蛮荒时代，树叶裹身的祖先粗陋的模样。”让读者眼前一亮，心灵一颤！紧接着描摹祖先：“那弯曲的，是你青铜的脊背；那裸露的，是你钢铁的臂膀；那吟哦的，是你气吞山河的绝唱。”一口气用了三个排比句，对祖先进行歌唱，而且是“气吞山河”的绝唱!

接下来详细列举祖先们艰苦创业的丰功伟绩。“万代的祖先啊，你挑着日月，凿石开山；你枕着风雨，驱豹逐狼。于是，便有了今天，青瓦连着黄墙与琼台接壤。”挑日月凿山石，枕风雨驱狼豹，曝霜露荆斩棘，筚路蓝缕。于是才有了今天——青瓦连黄墙与琼台接壤，鹅卵石巷摇拽着“妩媚灯光”“与岚霞为伴”的辉煌！来自四面八方的游客啊，“匍匐在你起伏的胸膛，演绎火山口上的辉煌。”

（二）文笔生动，用词形象，颜值高，寓意深刻！站在村口，伴着山风，看见丑陋模样。“挑着”“枕着”“拽着”“匍匐”“演绎”等一系动词准确运用，不得不让人惊诧：从野蛮走向文明，从荒瘠走向繁盛，从丑陋走进妩媚！

（三）站位很高，观察很远。诗人站在历史的火山口俯视一路艰苦卓绝的历程以至骄人的业绩，使陈峭景象有了历史的厚重感、创业的沧桑感！从“蛮荒时代，树叶裹身的祖先粗陋的模样”，到“气吞山河的绝唱”，再到“演绎火山口上的辉煌”，一路披荆斩棘、沧海桑田，几千年风雨终见彩虹！绚丽辉煌！

第二节，诗人把笔搁在篝火旁，依然让思绪飞翔。“今夜，我站在这热气腾腾的篝火旁，神思伴着星空飞翔。我，似乎看到了远古时代，饮血茹毛的祖先低矮的身像。”

然后重点写三个重量级人物的光辉业绩。燧人氏钻木取火，发出人类智慧心光；仓颉造字，高妙的手相；阴阳交替，伏羲伟大的思想！

（一）“那钻木取火的，是燧人氏的心光。”故事中的圣人就是被“有鸟若鸮 ，啄树则灿然火出”这一自然现象所启发，悟出了钻木取火的道理。

（二）“那一竖一横的，是仓颉的手相。”仓颉发现有经验的猎人通过动物的脚印来判断是哪种动物，因此受到了启发，于是就画一些东西来代表事物。就这样，仓颉开始造字了。

（三）“那阴阳交替的，是伏羲的思想。”相传伏羲人首蛇身，与女娲兄妹相婚，生儿育女。他根据天地万物的变化，发明创造了占卜八卦，创造文字结束了“结绳记事”的历史。他又结绳为网，用来捕鸟打猎，并教会了人们渔猎的方法，发明了瑟，创作了曲子。

伏羲有神圣之德，统一了华夏各个部落，定都在陈地，封禅泰山。伏羲取蟒蛇的身、鳄鱼的头、雄鹿的角、猛虎的眼、红鲤的鳞、巨蜥的腿、苍鹰的爪、白鲨的尾、长须鲸的须，创立了中华民族的图腾——龙，龙的传人由此而来。

如果说，炎帝和黄帝是华夏族的代表，伏羲是共同尊奉的先祖。伏羲作为“有大智”的思考者和发明创造者，寻求生存与发展的历史象征，对中华民族的文明进步和发展起到了不可估量的作用。

(四)以上三人为“点”，接下来由点入面开始概括。“万世的祖先啊，你携着青铜与竹简，拨开人世的迷茫；你带着火药与指南，拓出辽阔的边疆。”诗人开始赞颂万世祖先才有了今天雄起的峭峰，有了鸳鸯弹出醉人的交响，有了波涛翻滚的云霞，挑逗着多少少男玉女情迷神乱。“拨开”“弹出”“挑逗”几组动词生动形象，“雄起”的峭峰，“翻滚”的云霞，“迷乱”的神情，文采飞扬，内心波澜壮阔。

（五）诗的末尾写“爱恋溪的青翠婆娑，又沉迷了多少驴行前往!”，驴行就是自由组合旅游。最后一句：“啊，神奇的陈峭，壮丽的山川!”呼告升华，点染主题“陈峭抒怀”。

纵观林大诗人这首诗，重要笔墨并没有放在陈峭的美景描摹上，而是将之置身在人民创造历史的沧桑中进行。这样可以谈笑风雨，畅说古今，腾挪时空，人物拿捏自由，让为中华民族创造业绩的人物跃然纸上。他们是国之栋梁，民魂所在。游山玩水，尽情享受，祖先栉风沐雨，不可忘却！男情女媚，可以欣赏，祖国瑰丽，靠大家共创，你我有责！

曾几何时，我们的酸甜苦辣就在乡村的日月星辰里，即使是现在，我们的悲欢离合依旧在春夏秋冬中。我们要以绿叶对根的情义，用党政之为、百姓之手、文学之笔推开乡村幸福之门，把诗情画意浓缩在陈峭山水辉映的图景中，沉淀在万千游客心湖上。

岁月缱绻，葳蕤生香。造物主在这里留下的是大手笔、大气魄。杨万里有诗为证：“登山俯平野，万岳皆白云。身在白云上，不知云绕身。”冰心说：“愿你生命中有够多的云翳，来造成一个美丽的黄昏。”“外师造化，中得心源。”林诗人把气质风华镌刻在生命的云翳中。鉴往开来，诗性山川，风月同天，这也许就是今日我们拜读《陈峭抒怀》的实质意义之所在。

2021.10.30

走进诗人张建光的《绝句三组·云根书院》

一

状元峰下峰叠峰，七星溪里星碰星。
自古熊城多英雄，一城俊彦无白丁。

首句拍案惊奇：“状元峰下峰叠峰”，出语不凡。政和县城南有座山叫状元峰，状元峰与城北的熊山和城西的塔山，环抱着山城，被誉为“三山秀熊城”。状元山峰连绵高耸，巍峨壮观。山峰下有连绵起伏的飞凤山等诸峰，层峦叠嶂，秀美壮丽，故曰“峰叠峰”。

承句由山峰写到河流，清新脱俗：“七星溪里星碰星”，语出新鲜，“星碰星”与“峰叠峰”结构一致。状元峰下面流淌着一条清澈的母亲河，名字叫七星溪，那潺潺的水声，携着水的清灵、花的朝气，不住地让人的信念更坚定；那清新的波韵，融着云根书院传承千载的理学、状元峰寺令人向学的劝慰，不停地助人的心灵以升华。夜晚苍穹繁星点点，倒映河中，满河星辉斑斓灿烂。“星碰星”是指星星眨眼睛，随着清风吹拂，水波荡漾，倒映在河中的星光互相碰撞叠加，故曰“星碰星”。

转句人杰地灵：“自古熊城多英雄”，由山川景物写到英雄人物，而且自古繁多。到底有多少呢？都是谁呢？

三诏先生陈朝老，尤工诗词郭斯垕。
礼部侍郎吴廷用，激浊扬清陈盘溪。
黄巢义军屯念山，黄华起事举义旗。
杨则仕创立苏区，陈贵芳远播威名。

俊彦辈出，英灵升腾，感怀故乡，精神永存。结句合得好：“一城俊彦无白丁。”诗人张建光才思敏捷，诗意盎然。在这首诗中赞美政和物华天宝人杰地灵。

二

白云有根斯人栽，无边光景一时开。
书声随雨出院去，墨香伴花入心来。

首句耳目一新、隽秀文雅：“白云有根斯人栽”，云根，即白云有根，意思是深山云起之处，或指道院僧寺，为云游僧道歇脚之处，故称云根。宋代诗人胡仲弓有诗为证：

出岫无心直等闲，却於天运颇相关。
五云飞绕黄金阙，留得云根在越山。

“斯人栽”，应该这样理解：云根书院是宋代理学大师朱熹的父亲朱松到任政和县尉后所创办，首开了政和办学教育的先河。朱熹小时就在书院学习，后来又多次回书院讲学。

承句“无边光景一时开”写得很美，很动人。云根书院坐落于状元峰上，林木花草繁茂青翠，云雨季节，云霭缥缈，山中飞檐的琉璃瓦、寺庙时隐时现，宛若海市蜃楼。且坐拥南山，粉墙黛瓦，飞檐翘角，绿树成荫。其内，有天光云影的古戏台，有寓意“半亩方塘”的碧池塘，还有朱子阁、先贤祠、碑廊、牌坊等场所。

转结句相当出采：可以说是文笔飞扬，巧妙惊艳。“书声随雨出院去，墨香伴花入心来。”“书声”与“墨香”，“随雨”与“伴花”，非常整齐一致；“出院去”与“入心来”，相得益彰，互相映衬！把培养人才的圣地描绘成绝妙佳境，文学底蕴之厚实与文化素养之高超，叹为观止！

三

一门三代过化此，理学林荫庇政和。
问院哪得清凉界，为有源头风水活。

宣和五年（1123），北宋朝廷给政和派来了一名县尉，他就是世人称为韦斋先生的朱熹之父朱松。他携带娇妻，连同父母和胞弟跋山涉水，一路风尘来到政和。于是，影响深远的朱子理学便与僻隘古朴的政和愉悦邂逅，且有了一段难分难解的桑梓之情。便有了本诗的起句：“一门三代过化此。”

若说尤溪是朱子之诞生地，武夷、建阳是其学教与寓居地，那么，政和则是其孕育及陶熏之地，“孕于政和，生于尤溪”便是这一形容的最好写照。《婺源县志·朱子世家》记载，朱熹的祖辈朱古寮迁居婺源，为婺源朱氏之祖。其资产殷实，到了朱熹的祖父朱森、父亲朱松时，家境已经衰落。故当其祖父过世时，因贫而不能扶灵归葬婺源故里，于是朱松就把父亲朱森葬在了政和的护国寺。

政和护国寺本就是座清新幽静的古刹，朱森这位满腹经纶的老儒仕，葬于这一寺院后，更为之平添了不少灵气。朱森早在游历政和山水时，就被护国寺的幽静与祥和深深吸引。他选在苍松翠竹、峰峦叠嶂的风林村护国寺边清居，并常邀当地儒生在此谈经论道，传授理学。朱森曾屡屡告诫朱松兄弟说：“政邑山明水秀，风光如画，只可惜地域僻隘，教学荒疏，尔等要涵儒教泽，以开化邑人子弟，使之成为名贤诞毓之乡。”宣和三年（1121），朱森病故，朱松没有选择把他父亲的灵柩运回婺源老家安葬，而是将其葬在了护国寺旁边。

政和人民感其涵儒教泽以使邑民屡有致仕升迁，故称风林为先贤过化之地，取名为启贤乡。政和在此前出了两个进士，自从朱松创办了云根书院和星溪书院后，又出了七个进士，明、清时又出了八个。

护国寺对朱熹影响极大，成年后回政和扫墓时，多次同政和儒学前辈及云根书院学子讲诗谈文，论道说志。还时常留宿护国寺，写下了《十月朔旦怀先陇作》。诗末“封茔谅久安，千里一歔欷。持身慕前烈，衔训倘在斯”，表达了朱熹发奋勤学的壮志以及其对政和的深深眷恋之情。朱松到政和后，为官清廉，兴利除弊，治理有方，民赖以安，尤其兴办教育，政绩显著，在任期间先后创办了云根书院和星溪书院。两座书院延师以训邑人子弟，开政和教育之先河，

朱熹的启蒙肇始于云根书院，其成才的基础也在云根书院。朱熹幼年常随父母留宿书院就读，朱松回政和为母亲守孝三年，朱熹均在云根书院读书，汲取其父创办的云根书院之灵气。朱熹的名句：“问渠那得清如许，为有源头活水来。”虽然不是直抒政和，但却未尝不是朱熹感恩心情的另一真实流露！除

祖父朱森外，朱熹的叔叔朱柽也安葬在政和。此外，其祖母程氏夫人，则葬在政和富美村的铁炉岭。以故朱熹及其后人常到政和扫墓。正是在这种剪不断的情缘牵扯下，朱熹的后裔最终有两支在政和繁衍，生生不息。

这就是中国作家著名诗人张建光所写的诗《云根书院》“一门三代过化此，理学林荫庇政和”了。

宋政和八年（1118），朱松进士及第，授迪功郎，任政和县尉，并举家迁居政和。朱松在任及寓居政和期间，兴利除弊，制治有方，政绩显著，尤其注重发展教育，培育人才，先后创办云根书院、星溪书院，延师讲学，施教于民，开政和文化教育之先河。其子朱熹秉承父志，致力经学，传播文化，终成理学集大成者。他常到云根书院讲学布道，传授理学思想，一时八方学子云集政和，探究理学真缔。自此，政和文风振兴，书香四溢，英才辈出，有“先贤过化之乡”和“朱子祖居地”的美誉。

朱子三代在政和留下了桑梓之情。“归去来兮岁欲穷，此身天地一宾鸿。明朝等是天涯客，家在大江东复东。”朱松的一首《将还政和》便是朱子三代与政和难分难解的桑梓情缘最真实的写照。

作为当代的政和人，在引以为傲的同时，更重要的是要去传承，去创造。使这些优秀的传统文化精神与科学的现代文化精神相结合。

2021 年 3 月，张建光在武夷书院向习近平总书记汇报朱子文化。张建光致力于朱子文化的推陈出新、创新转化和交流传播，在《光明日报》《福建日报》《人民文学》《十月》《福建文学》等报刊上发表了《朱子理学的摇篮》《印象朱熹》《走进朱熹》《寻觅半亩方塘》《为朱子画像》等数十篇文章；作了 100 多场朱子文化专题讲座，获得好评；录播了四集《朱子文化漫谈》电视专题讲座。

万古雄风看今朝，仰慕圣殿聆赐教。我们应该向致力传播朱子文化的张建光老师学习——“教化由来铸基业，彤管更擅写华章。骚雅并诵昌文运，德才兼修出栋梁”。

2021.10.6

赏鉴李少君《在松溪遇见青山》等三首诗

李少君的诗，自然淳朴，像山野的果，河畔的风，清新隽秀，可亲可敬。

在松溪，青山无处不在，你有意抑或无意，前后左右都会邂逅青山。在青山之下，你想到的也许是都市红尘，那就把青山独独留给我吧！“少无适俗韵，性本爱丘山。”我愿在此逍遥度世，度过与世无争的一世。

李诗呈现素淡平易的面貌，不见雕镂之工。诗质而实绮，癯而实腴。初看若散缓，熟看有奇。不禁让人想到：“开荒南野际，守拙归园田。方宅十余亩，草屋八九间。榆柳荫后檐，桃李罗堂前。暧暧远人村，依依墟里烟。狗吠深巷中，鸡鸣桑树颠。”田园风光以其清淡平素、毫无矫揉造作的天然之美，呈现在读者面前，使人悠然神往。

也让人想到世外桃源的光景：“土地平旷，屋舍俨然，有良田美池桑竹之属。阡陌交通，鸡犬相闻。其中往来种作，男女衣着，悉如外人；黄发垂髫，并怡然自乐。”

松溪本来是个土地殷实、松涛阵阵之地。李少君把真挚的乡土情绪融和到桃源及现实的松溪乡村，将一座充满农家风味的茅舍融化到今日乡村振兴的深远的背景之中。“三径就荒，松菊犹存。”“云无心以出岫，鸟倦飞而知还。景翳翳以将入，抚孤松而盘桓。”画面很清淡，味道却是极浓烈！

才子李少君在《神降临的小站》诗中写道：

三五间小木屋泼溅出一两点灯火

我小如一只蚂蚁，今夜滞留在呼伦贝尔大草原中央

的一个无名小站，独自承受凛冽孤独但内心安宁

背后，站着猛虎般严酷的初冬寒夜
再背后，横着一条清晰而空旷的马路
再背后，是缓缓流淌的额尔古纳河
在黑暗中它亮如一道白光
再背后，是一望无际的简洁的白桦林
和枯寂明净的苍茫荒野
再背后，是低空静静闪烁的星星
和蓝绒绒的温柔的夜幕
再背后，是神居住的广大的北方

我非常喜欢这首诗！“背后”“再背后”串联了六个“背后”，一气呵成，搭起云梯，使人一步一层楼，一步一境界。第一个背后初冬塞夜；第二个空旷的马路；第三个额尔古纳河；第四、第五是苍茫原野和闪烁星空；最后是神的居住地北方。

诗的第一小节写小木屋，一两点灯光，而且“泼溅”这词特好！灯火如豆、屋小人微、无名小站放射状“猛虎般严酷”的夜。“白桦林”“星星”“温柔的夜幕”等展现出北方的静谧、空旷、温柔。

最后一节神的抵达，如魔术般神奇。李少君实际上是以合乎自然的诗性言说来流溢心中涌荡的生命激情，展现自我的生命之思，给人无限魅力及想象！

李少君另一首诗《傍晚》：

傍晚，吃饭了
我出去喊仍在林子里散步的老父亲

夜色正一点一点地渗透
黑暗如墨汁在宣纸上蔓延

我每喊一声，夜色就被推开推远一点点
喊声一停，夜色又聚集围拢了过来

我喊父亲的声音
在林子里久久回响
又在风中如波纹般荡漾开来

父亲的答应声
使夜色似乎明亮了一下

这首诗非常震撼：“我每喊一声，夜色就被推开推远一点点；喊声一停，夜色又聚集围拢了过来”，多么精彩的立意——父亲声音的力量。夜色受父亲声音左右，久久回响，让夜色明亮。写出许多文人写不出的父亲：独特。

作者在跟黑暗争夺自己的父亲。你喊一声，黑暗就退却了一点点，你喊声一停，黑暗就把你父亲吞没了。你再喊，又想与黑暗争夺你父亲。最后，你父亲答应了，那么黑暗就完全退却了，相当于你胜利了。

学会感恩、崇尚孝道，是我们每个人安身立命的根本。父亲是顶梁柱，是一家人精神的依归和靠山。因为平凡，父亲让我们无法用笔尖捕捉他的全貌，但父亲的声音仍旧响彻在耳际！久久回响让夜色明亮，是我们战胜黑暗、挫折、困苦的强大力量。他说过，诗歌，就是对父亲的一声呼唤。

李少君的诗没有华丽的辞藻和故作深沉，完全是内在的外露和心灵的呼唤，“发自本心”，这正是他诗歌情学观。

他说：“心专注，才有情，才会产生情。”（《诗歌是一种情学》）诚哉此言！

李少君的诗无疑是丰富博大的，气象万千的。他的诗里有人也有物，有草木山川、风花雪月之自然景观，也有悲天悯人、奋发有为的人文图景，有自我也有他者！

诗人曾四处行走。他到过西湖边，赏过凉州月；在潇湘听夜雨，在太和殿听鸟鸣，在内蒙古草原听长调；三亚、鄱阳湖边、青海草原、桃花潭、安良旅馆等处都有他的身影。

他在诗歌中所说的：“我有一种特别的能力，总是能寻找到一处安静的角落。就如动物总是能寻回自己的巢穴，将身体蜷缩起来。”他这种特别的能力，来自他内心有诗。

在诗中修行，在修行中作诗。这个时代，若想做诗人，只能这样，也必须这样。李少君的诗，非读不可，非红不可。

2021.5.3

古井里的那一潭幽绿，是此地最迷人的古董

——读自然诗人李少君的诗

李少君老师平和低调，五官端正，不苟言笑。但目光炯炯，他的诗气韵撩人、自然淳朴，犹如一阵松风，爽心润肺。生活气息浓郁，村野讯息飘荡，文笔清新、意象典雅、意境阔大。如：

来时是蝴蝶引路，如入迷宫
去时则黑狗相送，走出花丛

——选自《偶过古村落》

我在细雨蒙蒙的清晨归来
担心打搅尚在梦中的年迈父母
静静地站在院子里，等候鸟啼天明

——选自《早归人》

在古代，我应该是一只鹰
在河西走廊的上空逡巡
后来，坐化为麦积山上的一尊佛像
浓荫之下守护李杜诗意地和一方祖庭
当代，我幻变为一只海鸥
踩着绿波踏着碧浪，出没于海天一色

——选自《自述》

他的诗意象层次明朗，前面叙述写景，句子隽秀朴实；后面哲理倾倒，击人心坎，教人顿悟、幡然灌顶。

我也与鸟鸣有过秘密的交流呼应
孤独无依时，你安慰过我
寂寞无聊时，你与我对话
有一次，一只鸟儿冲我反复啼鸣
引领我进入一片丛林
然后，我好奇地跟了过去
来到一片空地，惊讶地发现
眼前湖光山色，豁然开朗
原来，这里才是珞珈山俯瞰东湖的最佳位置

就这样，当我还在懵懂无知的十七岁的时候
你给我启迪了一个全新的世界

——选自《珞珈山的鸟鸣》

鸟鸣写得有声有色，鸟鸣与我交流，引我入森林，安慰我、启迪我一个全新的世界。佛之度心，道之醒人，容人容己容天下。因为海纳百川，容下了所有花花草草，世界才如此美好。

河流的本质就是流淌，永远奔涌着激流
我是有故乡的人，每次只要想到这一点
我心底就有一种恒定感和踏实感
那是我生命的源头和力量的源泉

——选自《我是有故乡的人》

少君的诗，有故乡、有父亲，有根、有源，有厚地、有阔海，也就有了生命和震撼。他的诗走下青山，走入烟火红尘，云雾成了我们的背景；他的诗沿着晨曦的路线，追逐蔚蓝的方向，以云淡风轻的定力，赢得风平浪静；他的诗每一句都在为世间万物加持，和春天明媚的韵律堪有一比；他的诗比一曲加速的小提琴独奏更欢快，每一朵浪花开始念经，把更广大的空间留给了世界；他的诗给我们启迪了一个全新的世界。

芬芳中出境界，境界里有芬芳，天人合一是旨归贪婪诗意寻芳客。凭心而论，持诗而评，不愧为自然诗人。

2021.5.2

走进王松雄的秀美家乡诗

王松雄是一个热爱家乡山水风物的诗人，家乡政和的一山一石、一草一木都是他吟诵的对象、歌咏的内容。他写《远眺熊城》《星溪田园》《稠岭雾凇》《坂头花桥》《国宝四平戏》《杨源木偶戏》《新娘茶》《颜真颜玉带》《云根书院》无不倾情歌唱，诗情画意，流泻其间。佳作连连。下面一一赏析。

远眺熊城

星溪好似砚池波，提起珠山当墨磨。
古塔一支堪作笔，挥毫云彩不嫌多。

星溪是政和的母亲河，它溪水清澈，植被葱绿，流经熊城。好似砚池波澜，提起珠山当作墨来磨。比喻生动形象，空灵雅致，譬之云采。转句“古塔一支堪作笔”，想象奇瑰，夸张大胆。结句“挥毫云彩不嫌多”，妙笔生花，大有韩愈“江作青罗带，山如碧玉簪”之美境！诗贵出新脱俗，用笔一气呵成！“砚池波”“当墨磨”“古塔堪作笔”“挥毫云彩间”，诗意葱茏，诗中有画，画中有诗。一个美妙如画的熊城呈现在读者面前。

星溪田园风光

日暖山茶绿，秋高稻穗黄。
芦低飞蝶影，风起送花香。

“日暖山茶绿，秋高稻穗黄。”起承清新自然。稻香村绿茶飘香，念山稻谷金黄，一年一度的农民丰收节日，念山割稻节都可尽情领略政和大地的丰收景象。转句“芦低飞蝶影”，写了飞蝶丽影绰约。结句“风起送花香”，展现田园风光艳丽，景色宜人，动感十足，清新脱俗，耐人寻味。

稠岭雾凇

山高云是家，天冻树无芽。

一夜风霜后，枝开白玉花。

“山高”，出语不凡，“云是家”有清新之意。“无芽”，长不出嫩叶。一夜风霜后，“枝开白玉花”。转结精巧，形象有特色，深得雾凇形神之妙。“山高”“天冻”“无芽”“一夜”“风霜”“枝开”“白玉花”，诗小境佳，清艳可人，不愧佳作精品。

坂头花桥

何以扮容姿，桥梁古画词。

往来多少客，谁解柱廊诗。

坂头花桥，家乡杨源一座名桥，堂皇富丽，芳容绝代。霞帔凤冠之美娘。坂头村花桥美在它的翘檐，因主楼三层翘檐朝天似莲花状而得名，两栋侧楼各有两层翘檐，层层叠叠，如古时的凤冠，华丽异常，媒体称之为“最美廊桥”。

花桥是难得的书画艺术长廊，其廊屋的设计特别精美，集楼、亭、阁、桥为一体，综合了儒释道和踩桥民俗文化，文化色彩浓厚，具有极高的历史、艺术和科学研究价值。共有柱子 80 根，上书楹联 30 余副。往来多少游客骚人，谁又可以真正了解柱子长廊上的诗词古画呢？

国宝四平戏

独剧推求喜获之，唯存庙会托哀思。

欲知一曲情多少，唱到伤心泪满池。

杨源每年庙会都会演四平戏，为大众喜闻乐见。四平戏被认定中国戏剧活化石，每年庙会在英节庙演三天，纪念张瑾生日和副将郭荣生日。

“欲知一曲情多少，唱到伤心泪满池。”唱得好，入心入戏也。“欲知”“多少”，唱到“伤心”为止，泪流满池结束——艺术夸张真实。“独剧”“喜获”“唯有”“哀思”“一曲情多少”，这种景与情的相应，使意境更为感人。

这种融情入景是指诗人把先前饱藏于胸中的某种感情，外射到所描写的景物之中，使所描写的景物渗透着某种主观感情色彩，从而生成意境。如欧阳修《戏答元珍》：

春风疑不到天涯，二月山城未见花。
残雪压枝犹有橘，冻雷惊笋欲抽芽。
夜间归雁生乡思，病下新年感物华。
曾是洛阳花下客，野芳虽晚不须嗟。

中国古典诗歌最讲究意境，意境是客观景物和主观情思融合一致而形成的艺术境界，一般由情景关系构成。王诗人在此诗中展示了好题材和好诗才！

杨源木偶戏

一身盔甲战沙场，横扫千军武艺强。
全靠他人暗使唤，哪容自己耍刀枪。

“一身盔甲战沙场”，披盔执甲拼杀战场，“横扫千军武艺强”，起承描写生动，气势非凡。转句很妙，“全靠他人暗使唤”，原来是傀儡，一切被人操纵。“哪容自己耍刀枪”，结句突出“木偶”本质，蕴含人生哲理，诗意荡漾，启人深思。郑板桥在《咏傀儡》一诗中写道：

笑尔胸中无一物，本来朽木制为身。
衣冠也学诗文辈，面貌能惊市井人。
得意那知当局丑，旁观莫认戏场真。
纵教四肢能灵活，不藉提撕不屈伸。

这首诗除了讽喻时俗外，也对提线木偶艺术作了惟妙惟肖的描绘。

诗人王松雄不是声色俱厉地呵斥之，而是面露笑容，说出蕴藏着讥刺锋芒的幽默话，令人于一阵轻松发笑之后，陷入沉思，有所领悟。这种寓讥刺于幽默之中的艺术，较之直露讥刺锋芒要委婉含蓄，耐人寻味。

新娘茶

女儿出嫁美如仙，孝敬娘茶跪膝前。

滴滴可尝离别泪，杯杯都是报恩泉。

“滴滴可尝离别泪，杯杯都是报恩泉。”转结直达高潮，情深深意重重！女儿出嫁是好事，也是父母心酸的事，出门前要跪膝拜父母三拜，而且让众亲戚喝茶。新娘茶颇讲究，一般有十多味：韧皮豆、姜丝、香椿叶、柳春芽、茶叶、橘皮、冰糖……吃新娘茶时，要依长幼尊卑排好座次，这也是高山区风俗。新娘成婚后的第二天早晨，要由人带领拜见公婆，向公婆敬茶，公婆则要给新娘红包。之后，婆婆便带引新娘给家族中的各式人等及远道而来参加婚礼的亲戚敬茶。接着，还要在婆婆的带领下逐一拜见邻里亲友，向他们敬茶。被敬茶者都要给新娘红包。新娘茶是新娘初来乍到、认识亲朋邻里的一种方式。但诗人王松雄技高一筹，把笔墨用在姑娘出嫁前的一次告别跪膝场面——特定场景尤为感人。“离别泪报恩泉”，洒泪离别想到父母的养育之恩，只好深情躬身，泪如泉涌。哭泣无声，女儿孝顺，感恩不尽之意跃然纸上。

母亲看着心爱的女儿出嫁，心里是满满的不舍，夺眶的泪水却只能在转过身后偷偷地抹去。但值得欣慰的是，女儿嫁给了爱情。“就算心中有万般不舍，我也得出嫁了。不过我保证，婚后会常回家看看。”女儿出嫁最不舍的就是母亲。还想到红楼梦《探春远嫁》：“一帆风雨路三千，把骨肉家园齐来抛闪。恐哭损残年，告爹娘：休把儿悬念。自古穷通皆有定，离合岂无缘！从今分两地，各自保平安。奴去也，莫牵连。”催人泪下，肝胆俱裂!连贾母都泪眼婆娑！

云根书院

幽幽书院为谁开，初次登临独自猜。

云客往来皆感叹，朱熹原是此中来。

云根书院由朱松创办，历经沧桑。从宋、元、明、清历朝以来进行六次重建扩建。朱松即朱熹的父亲，时任政和县尉。现存书院总建筑面积 1460 平方米，重建工程于 2004 年 8 月动工，历时三年，2006 年 10 月竣工，是第七次重建。“幽幽书院为谁开”，首句提出问题，“初次登临独自猜”，承句衔接自然。“云客往来皆感叹，朱熹原是此中来。”结句回答了首句。写境发思，独幕悬疑。转结构思新颖，首尾呼应！

云根书院位于政和县城南飞凤山上，规模恢宏，蔚为壮观。书院建筑群是仿宋建筑风格，体现理学文化，格调高雅，风貌独特，古色古香。沿着石阶往上走，首先见到的是高高矗立的牌坊，书院内建筑群的主体有朱子阁、先贤祠、天光云影楼、碑廊以及朱熹雕像等部分，院内亭阁游廊、小桥流水和院外青山绿水相互映衬，书院更显得气宇轩昂。站在最高处的朱子阁上，临风凭栏，山川河流、阡陌田畴、桥梁楼宇……熊城美景尽收眼底。诗人张建光有诗为证：

状元峰下峰叠峰，七星溪里星碰星。
自古熊城多英雄，一城俊彦无白丁。

白云有根斯人栽，无边光景一时开。
书声随雨出院去，墨香伴花入心来。

一门三代过化此，理学林荫庇政和。
问院哪得清凉界，为有源头风水活。

创办云根书院，诗赞云根书院“功在当代，利在千秋”。正如张载所言：“为天地立心，为生民请命，为往圣继绝学，为万世开太平。”人生三不朽：立德、立功、立言。

感谢朱子三代，感谢诗人张建光、王松雄，感谢为朱子书院做许多实绩、获文脉奖的魏万能主任等社会名士。朱公塑像肃清高，浩然正气展今朝。前贤有灵当含笑，青龙山峰彩虹飘。育贤摇篮功无量，青史留名放光豪。

走进奇秀武夷山（上）

——赏鉴王松雄的山水绝句

以写绝句著称的闽北诗人王松雄，我已介绍过他写的诗意葱茏的洞宫山，神韵佛子山，今天让我们再次走进他的山水诗歌，鉴赏一下他惊艳笔下，武夷山又是怎样一幅碧水丹山之画卷。

武夷山

奇秀东南第一山，红袍香透玉门关。
欲寻万里茶源路，九曲泛舟十八弯。

王诗人的诗充满诗情画意，读其诗如沐春风如饮甘泉，亦似置身唐代诗佛王维诗中，可谓诗中有画，画中有诗。

首句“奇秀东南第一山”，写武夷山是祖国东南第一奇秀山峰。“桂林山水甲天下，不如武夷一小丘”，若论奇秀，东南第一。

次句“红袍香透玉门关”，“香透”是写武夷山的红袍名不虚传。有诗为证：“武夷绝壁产岩茶，稀世之珍唇齿奢。精湛特醇香韵醉，状元美誉国宾夸。”“云游峻岭绿林连，岩放奇葩红袄穿。御赐头衔君不负，众呼上品古为传。”这些诗句皆赞美武夷红袍。“香透玉门关”并不是夸张。

转合句“欲寻万里茶源路，九曲泛舟十八湾”生动地告诉我们：要想寻找万里之遥的茶源路径，您得去泛舟九曲，经历那惊涛险滩十八湾。这里诗人寻找武夷山茶源头和九曲泛舟，写得舒缓轻松，大有李白诗的飘逸隽永。与李太白的“两岸猿声啼不住，轻舟已过万重山”有异曲同工之妙。关于九曲泛舟，朱熹《九曲棹歌》中有言：“武夷山上有仙灵，山下寒流曲曲清。欲识个中奇绝处，棹歌闲听两三声。一曲溪边上钓船，幔亭峰影蘸晴川。虹桥一断无消息，万壑千岩锁翠烟。二曲亭亭玉女峰，插花临水为谁容？道人不作阳台梦，兴入前山翠几重。三曲君看架壑船，不知停棹几何年。”王诗人在《武夷山》这首诗中抓住关键特征“第一山”“红袍”“万里茶源”“九曲泛舟”“十八湾”，把武夷山的最美意象、最佳意境写出来，令人拍案惊奇。

武夷山，汲天地之灵气，汇人文之精华，是中国著名的风景旅游区和避暑胜地，首批国家级重点风景名胜区和国家公园，世界文化和自然遗产地。这里有红色砂砾岩构成的丹霞地貌，三十六峰九十九岩雄姿挺立，九曲溪山环水绕悠悠流淌，兼具黄山之奇、桂林之秀、华山之峻和泰山之雄。古往今来文人墨客游览武夷碧水丹山惊艳之余，留下很多赞美武夷山和大红袍名茶的诗句。

2021 年 3 月 22 日，习近平总书记到武夷山考察调研时谆谆告诫：“武夷山有着无与伦比的生态人文资源，是中华民族的骄傲，最重要的还是保护好。”

武夷黄岗山

山高不见有人家，谁送幽香远处花。
唯恐林中春色去，闲和孤影钓红霞。

黄岗山雄伟壮观，春夏秋冬变幻无穷，云海翻滚，犹如人间仙境。山顶上有福建省人民政府立的“武夷第一峰”石碑。峰巅有磊石数处，其中尤以山巅的磊石堆最为奇特，它实际上成了山峰的最高点。临绝顶而俯视峰下，只见万峰匍匐。“黄冈山”三个字是已故书法大家钱君陶老先生手书，铁画银钩，苍劲有力，碑是武夷山自然保护区所立，花岗岩石材，不高，但很雄伟。

“谁送幽香远处花。”在黄岗山下，云雾充满山间，群峰犹如雾海中的群岛。山的一边灰雾蒙蒙，不辨天日；而另一边则是蓝天白云，草绿山青。站在这里，居然可以一山观两景。远处山峦，近处草甸，在云雾中皆忽隐忽现，满山遍野黄花点缀，景致绝妙奇秀，故曰“谁送幽香远处花”。

转合句精彩：“唯恐林中春色去，闲和孤影钓红霞。”担心林中春色不在，闲适与孤独的影子在那里垂钓红霞。转句出彩，合句惊艳。

游武夷山大红袍景区

青山不厌客来早，莫问红袍谁家好。

他日若能如所愿，遍游武夷不觉老。

首句问得巧：青山是不讨厌客人早早来临。清新脱俗，“青山不厌”拟人，“客来早”指买茶客来得早或游客来得早，由你去想象，诗意盎然。

次句：也不要问红袍谁家最好，都很好。武夷山大红袍，是中国茗苑中的奇葩，有“茶中状元”之美誉，乃岩茶之王，堪称国宝，以精湛的工艺特制而成。茶香浓郁，滋味醇厚，有“岩韵”特征，饮后齿颊留香，被誉为“武夷茶王”。大红袍茶树为灌木型，为千年古树，九龙窠陡峭绝壁上仅存 6 株，产量稀少，被视为稀世之珍。

转合句：有一天如果能品尝到武夷大红袍，哪怕游遍整个武夷也不会觉得苍老。盛赞红袍之至，对红袍一往情深跃然诗中。不愧是“茶中状元”之美誉，乃岩茶之王。

武夷山万春园

大王峰上草木新，谁引秋冬景入春。

玉女有心应识我，武夷山下种花人。

首句“大王峰上草木新”告诉我们：大王峰上草木郁郁葱葱，生机盎然。万春园是一座傍山依水的溪滨公园。漫步在园中的石径，抬头可观赏大王峰的雄姿、禅岩的矜持、玉女峰的秀灵、狮子峰的威武，低头可端详碧水翠竹的倩影、草地花木的娇艳，真山真水的万春园四季如春，到处生机盎然，景象万千，是名副其实的“万春”。

次句提出“谁引秋冬景入春”问题。这里有“满园春色关不住”的气息，进入景门，争妍斗艳的植物世界映入眼帘，花香四溢，有名的、无名的花草树木，即使是石缝里的小草，地下小笋、竹笋也纷纷听从春天的召唤，从各处冒出，争相迸发出勃勃生机。

转合句“玉女有心应识我，武夷山下种花人”转得好，从大王峰写到玉女峰，玉女双关，既指玉女峰也指“玉女”这个人，玉女如果有心应该认识我这个种花人，美是我们这些劳动者创造的！合得妙！

这里是人工美景与自然美景的巧妙结合，艺术地有机连成一幅“美妙多姿、层次丰富”的立体自然画卷，使游人在游览过程中感受到步移景异、耳目一新的意境，为眼前的美景所陶醉痴迷，使游人达到“回味无穷、流连忘返”的境界。“草树知春不久归，百般红紫斗芳菲”，这里是花的海洋！人间仙境。

王诗人这首诗既赞美万春园美丽景致，更赞颂创造美化生活的劳动者！保护好生态环境，心灵犹如花木芬芳。绿水青山就是金山银山，武夷山森林覆盖率达 96.72%。连绵起伏的丘陵和逶迤的武夷山脉，造就了地球同纬度最完整、最典型、保存面积最大的中亚热带原生性森林生态系统。绿色是武夷山一张亮丽的名片。保护好生态，让武夷山永远成为我们中华民族的骄傲。

2021.11.5

走进奇秀武夷山（下）

——赏鉴王松雄的山水绝句

武夷山下梅村

岂料春风识故园，寻茶问道旧石垣。

千年不绝君山水，竟是梅溪万里源。

首句“岂料春风识故园”，意思是难道可以预料和煦的春风认识故园。问得好！次句“寻茶问道旧石垣”，在旧石垣寻茶问道。“旧石垣”指清康熙、乾隆年间，下梅村曾是武夷山的茶市，兴盛一时，保留清代建筑特色的古民居30多幢。集砖雕、石雕、木雕艺术于一体的古民居建筑群，是武夷山文化遗产的一部分。

2005年，下梅村荣膺“中国历史文化名村”称号，从此有了一张通向世界的“国家名片”。这里的建筑外观古朴，乡土气息浓郁，形成别具特色的建筑群，其中最具代表性的古民居有邹氏大夫第、邹氏家祠和达理巷等。

转合句很好：“千年不绝君山水，竟是梅溪万里源。”下梅当年因茶市兴，水道是下梅的命脉。公路是1958年修进下梅的，在村旁沿着梅溪一直是下梅通向武夷镇乃至海外的交通要道。流入梅溪的当溪划村而过，将下梅村分成南北两片。长900余米的当溪，却是一条人工运河，是康熙年间，为了茶市而规划修建的，沿河设了9个埠位。900多米的人工运河穿村而过，沿河两岸建有凉亭阑杆美人靠，古街、古井、古码头、古建筑，造就了典型的江南水乡风貌。而当溪两岸，有南北二街，临溪的街边设了靠栏，可坐可倚，溪上小石桥比比皆是。梅溪将下梅村分成南北两片，可以说是下梅的血液。

武夷山五夫镇

荷花传语到他乡，半亩方塘一院香。

源活水头何觅处，紫阳楼上诗书藏。

五夫镇是理学大师朱熹的故里，紫阳楼是他的故居。镇上种植许多荷花，据《五夫子里志》记载，五夫镇有“白莲之乡”之美誉。每年夏季这里会举办荷花节，是赏荷花、拍荷花的好去处。故首句曰“荷花传语到他乡”!

次句“半亩方塘一院香”，是说朱熹 14 岁丧父后就一直居住在这里，住了大约 50 年，《观书有感》就是他在故居的塘边苦读时，突发灵感感慨而成的。

转句“源活水头何觅处”，问得真切。合句巧妙回答原因是：“紫阳楼上诗书藏。”或许你还能面对“天光云影共徘徊”的影子，吟一句“问渠那得清如许，为有源头活水来”。

武夷山天游

名山天下何其多，今上天游入云窝。

风景若言奇绝处，可知九曲几回波。

开头两句写：名山天下非常多，今天就登上天游峰再进入云窝。天游峰为武夷山第一胜地，位于武夷山景区中部的五曲隐屏峰后，海拔约 400 米，它独出群峰，云雾弥漫，山巅四周有诸名峰拱卫，三面有九曲溪环绕，武夷全景尽收眼底。而从天游门下来，走了一段，不久就见到了云窝茶室，也就游完了天游景区，又进入了云窝景区。

云窝有大小洞穴10余处，每当冬春季节的早晚，洞穴里常常会冒出一缕缕淡淡的云雾，在峰石之间轻飏游荡，时而聚集一团，时而又飘散下来，舒卷自如，变幻莫测，故名云窝。

云窝位于接笋峰西壁岩下，周围环绕着响声岩、丹炉岩、仙迹岩、天柱峰、更衣台、苍屏峰。这里地处武夷山景区精华地带，是武夷山首胜之区。

明万历十一年（1583），兵部侍郎陈省隐居于五曲、六曲之间的云窝幼溪草庐，此处云海氤氲，他将草庐附近经常往返之地命名为“云路”“云桥”，以示“白云深处有人家”。陈省看云看得透彻，书写“云关”二字时，故意把“云关”二字间距拉开，似乎告诉人们此“云关”阻碍重重，不是轻易可以逾越的。

接着来到转结句，“风景若言奇绝处，可知九曲几回波”，此处风景若要说是惊奇绝妙之处，可以知晓武夷九曲的几回溪流浪波。为什么呢？由于云窝濒临九曲溪的第六曲、第五曲，兼得峰峦、溪流之美。这里巨石倚立，背岩临水，人文景点荟萃，融合儒释道三教文化于一体，令人流连品味，不忍遽离。所以说是“奇绝处，可知九曲几回波”。

武夷山止止庵

鸟鸣空谷寺门新，九曲悠悠万木春。

玉女回眸惊艳色，夕阳醉落古西津。

武夷山内的有一个道家庵堂名叫止止庵，此庵位于武夷宫万春园内九曲溪一曲的水光石身后。当我们身在止止庵内时，便会发现这里也是看大王峰的一个绝佳角度。沿着万春园石板路，一路途中可以看见经典的武夷山风光宣传照玉女峰，继续前行便到了止止庵了。

止止庵大门是紧闭的，这里清静，没有游人嘈杂的声音，只有九曲溪潺潺的流水声。同时，抬头还能看到大王峰独特的一面。在止止庵的旁边还有一个小景点水光石，这里也是武夷山摩崖石刻相对集中的一个景点，闲来无事在这里独自发呆，倒是很不错的享受。止止庵本来是个偏避之地，在诗人笔下却变成“鸟鸣空谷寺门新，九曲悠悠万木春。玉女回眸惊艳色，夕阳醉落古西津”。这里的“新”“春”“艳”“醉”色彩浓艳，春光融融，生机盎然，把“九曲”“玉女”都捎带进去！

南宋嘉定九年（1216），名士詹琰夫出重资修建庵堂，名止止庵，取其“止其所止，止观止念”之义，并延请白玉蟾到此主持，为该庵发展鼎盛时期。《止止庵记》中写道：“云寒玉洞、烟锁琼林。紫桧封丹，清泉浣玉。铁笛一声，群仙交集。螺杯三饮，步虚冷冷。青草青，百鸟吟。亦可棋，亦可琴。有酒可对景，无诗自吟心。神仙渺茫在何许？盖武夷千崖万壑之奇，莫止止庵若也。”白玉蟾《题武夷五首》中的一首为“山耸千层青翡翠，溪流万顷碧琉璃。游人来此醉归去，几个亲曾到武夷”，来称赞武夷山的自然风光。

东周出孔丘，南宋有朱熹，中国古文化在泰山与武夷山体现得淋漓尽致。武夷山人文景观和历史文化遗存，积淀深厚。保存完好的宗教寺庙、遗址遗迹、摩崖题刻，以及影响深远的朱子文化、茶文化、宗教文化等，是武夷山国家公园和武夷山风景名胜特色文化的最突出体现。

“十年屡醉武夷山，常与神仙密往还。九曲依然青嶂裹，玉峰仍插画檐闲。”诗人王松雄寻幽览胜，武夷独步，立意新颖，匠心独运，慧眼独具，写下了许多优美诗篇。王松雄为武夷山水留下了浓重的笔墨，为各地慕名而来者提供精神食粮，值得称赞！

2021.11.8

附　录

李家宁诗词作品获奖、入刊入书一览

李家宁，分别于 2017 年、2018 年两次登上《大西北诗人》封面。2018 年又登上《新诗百年—— 中国当代诗人佳作选》封面。

1. 2018 年 6 月 28 日，荣获第三届诗人节·端午诗会“十大桂冠诗人”称号。

2. 2018 年 8 月 17 日，荣获“‘策兰杯’全国最具才华爱情诗人”称号。

3. 2018 年 9 月 25 日，荣获《作家前线》《华文作家》等五刊举办的首届全国“才子”杯文学作品大赛第一名。

4. 2018 年 9 月 28 日，在第三届《现代好诗词》评选中荣获“最美诗人奖”。

5. 2018 年 10 月 5 日，作品《爱会朝着故乡的方向》荣获《于都诗词》中秋诗词赛一等奖。

6. 作品《故乡的那条小河还没有苍老死去》发表于《2020 年中国年度全国优秀诗歌选》（二十周年版）（罗晖主编，齐鲁音像出版社出版）一书。

7. 作品《致敬钟南山》荣获《中华诗词》杂志社举办的 2020 年“第 17 届中华诗词金秋笔会”优秀奖，并发表于 2021 年《中华诗词》第四期。

8. 作品《鹧鸪天·〈伟大征程〉观后》荣获《中华诗词》杂志社举办的2021年“第18届中华诗词金秋笔会”优秀奖，并发表于《中华诗词》杂志2022年第一期。

9. 作品《我在秋天歌唱祖国》《每一粒星星都扛着沉重的星空》荣获2021年“三亚杯”全国文学大赛金奖，并收入《2021年度全国文学精品选》（王磊主编，中国文化出版社出版）一书。

10. 作品《七律·井岗山》《七律·解放南京》《七律·人民即江山》《渔家傲·长征》《鹧鸪天·伟大征程》《浣溪沙·觉醒年代》等六首诗词，荣获2021年“翰墨风华”全国诗书画大展赛一等奖，李家宁被授予“礼赞新时代爱国艺术家”荣誉称号，其作品收入《翰墨风华——全国诗书画精品选》（2021年卷）一书。

11. 作品《鹧鸪天·魏静》发表于《诗刊》2021年4月30日。

12. 2021年6月13日，在山东曲阜举办的“雅集京华·诗会百家”全国第四届百家诗会上，作品《党的女儿 用佳绩迎接建党百年》《最漆黑的夜，睁开了东方最亮眼睛》荣获一等奖并发表于《当代中国诗人精品大观》（2021年卷）。

13. 作品《七律·贺中华诗词第十八届金秋笔会召开》发表于《2021中华诗词杂志第18届金秋笔会（网络）隆重召开 贺诗集锦（4）》。

14. 作品《我在秋天读你》发表于《留在村庄的名字——献给时代楷模孙丽美》（省文联、省作协、宁德市文联编，海峡文艺出版社出版）一书。

15. 作品《诗约松溪》《诗染松溪》《我徜徉在松溪的田园阡陌》发表于《诗意松溪》（福建省作协和松溪县作协策划，海峡文艺出版社出版）湛庐诗歌村成员诗集。

16. 作品《共和国的旗帜上，有你写下的精彩》发表于《琅琊杯·全国诗书画精品选集》（万松主编，中国文化出版社出版出版）一书。

17. 作品《画堂春·学习十九届六中全会精神》发表于 2022 年《中华辞赋》（第一期）。